빼앗길 수 없는 노래

5월시 판화시집
빼앗길 수 없는 노래

초판 1쇄 인쇄 2020년 5월 10일
초판 1쇄 발행 2020년 5월 18일

지은이 최두석 이영진 윤재철 박주관 박몽구 나해철 나종영 김진경 곽재구 고광헌
판화 홍선웅 김경주 김봉준 박진화 이철수 홍성담 정진석 류연복 이상호 이준석 전정호
펴낸이 김연희
주간 박세경

펴낸곳 그림씨
출판등록 2016년 10월 25일(제406-251002016000136호)
주소 경기도 파주시 광인사길 217(파주출판도시)
전화 (031) 955-7525
팩스 (031) 955-7469
이메일 grimmsi@hanmail.net

ISBN 979-11-89231-37-8 (04810)
ISBN 979-11-89231-28-6 (세트)

이 도서의 국립중앙도서관 출판예정도서목록(CIP)은 서지정보유통지원시스템
홈페이지(http://seoji.nl.go.kr)와 국가자료공동목록시스템(http://www.nl.go.kr/kolisnet)
에서 이용하실 수 있습니다.(CIP제어번호: CIP2020018244)

5월시 판화시집

빼앗길 수 없는 노래

최두석 이영진 윤재철 박주관 박몽구 나해철 나종영 김진경 곽재구 고광헌
판화: 홍선웅 김경주 김봉준 박진화 이철수 홍성담 정진석 류연복 이상호
이준석 전정호

그림씨

머리말

해방기를 맞이하여

오늘의 시점만큼 시인을 비롯한 모든 예술가들의 머리 위에 참혹한 가시관이 씌워진 적도 없는 것 같다. 모든 생산현장에서 어느 때보다 절박하게 인간적인 대우를 갈망하는 외침들이 터져 나오고 있으며, 이 산하를 민주의 반석 위에 올려 놓고자 하는 전국민적인 몸부림 또한 온몸을 죄는 노력으로 치닫고 있다.

그러나 솔직히 말해 이 같은 대전환의 시대를 맞이하여 시가 과연 무엇을 하는가라는 물음 앞에 우리는 시원한 대답을 내놓을 수 없는 형편이다. 아직 많은 사람들은 시는 아무튼 아름다워야만 한다고 생각하고 있기도 하고, 더러는 가혹한 삶에 옥죄어 하고 싶은 말, 해야 할 일을 못하거나 포기해 버리기도 한다.

하지만 시를 포함한 모든 예술이 곧 아픈 현실의 물을 떠날 수 없을 뿐 아니라, 시가 아무리 자가당착에 빠져 망설인다 하여도 절박하게 치달아가고 있는 민중들의 그리움은 상처뿐인 발길을 멈춰 주지 않을 것은 불 보듯 훤하다.

결국 이 조그만 책자는 절박한 굴레로부터의 해방기를 맞이하여 시인, 예술가들이 최소한 무엇을 해야 하는가라는 물음의 한 출구로서 꾸며졌다. 글을 쓴 시인들은 자신이 몸담고 있는 일터, 뿌리 뽑힌 이웃들에 대한 이야기를 부단히 추적했고, 판화들 속에도 이 질곡과 분노의 시대를 외면하지 않으려는 몸부림으로 가득 차 있다.

특히 시와 판화의 만남은 모래알처럼 뭉쳐도 뭉쳐도 매양 갈라지기 쉬운 '시와 삽화'가 아닌 어디까지나 대등한 작품 세계로 만나지도록 했다. 우리는 이를 통해 시인과 화가 각자가 포착한 뜨거운 삶의 현장을 만날 수 있음과 더불어 각자의 부족함이 서로 어깨를 겹치고 일어나 쉽게 꺾을 수 없는 힘이 될 것을 믿는다.

아울러서 '5월시'의 경우 김진경, 윤재철 두 동인이 오늘의 노예적 현실을 증언하다가 옥중에서 고초를 겪고 있고, 민주의 새벽에의 갈망을 솔직히 표현하는 화가들의 작품이 일부 몰지각한 인사들에 의하여 반예술로 매도된 끝에 작품활동의 자유를 크게 위협받고 있는 요즈음, 이 책자는 그 같은 편견과 매도에 대한 치열한 반격의 뜻도 담고 있다.

아무쪼록 끝없이 비정하고 무자비한 오늘의 현실 앞에 이 책자에 발을 딛고 있는 우리들뿐 아니라 모든 예술가들이 분연히 일어서서 제 할 말, 제 갈 길을 찾는 한 계기가 되기를 바란다.

1986년 봄

5월시 동인 일동

차례

판화 차례

— 판화가 순서는 가나다 순

최두석

성에꽃
반구정에서
서호빈
지리산 찔레꽃
고슴도치

성에꽃

새벽 시내버스는
차창에 웬 찬란한 치장을 하고 달린다
엄동 혹한일수록
선연히 피는 성에꽃
어제 이 버스를 탔던
처녀 총각 아이 어른
미용사 외판원 파출부 실업자의
입김과 숨결이
간밤에 은밀히 만나 피워낸
번뜩이는 기막힌 아름다움
나는 무슨 전람회에 온 듯
자리를 옮겨 다니며 보고
다시 꽃이파리 하나, 섬세하고도
차가운 아름다움에 취한다
어느 누구의 막막한 한숨이던가
어떤 더운 가슴이 토해낸 정열의 숨결이던가
일없이 정성스레 입김으로 손가락으로
성에꽃 한 잎 지우고
이마를 대고 본다
덜컹거리는 창에 어리는 푸석한 얼굴
오랫동안 함께 길을 걸었으나
지금은 면회마저 금지된 친구여.

박진화, 「마음」, 26×36cm

반구정에서

밀물에 밀려 삼십 리
임진강이 부풀어 오르는 겨울날
갈매기는 훨훨 활갯짓하며 날고
전쟁 때마다 불타 다시 지은
황희의 정자 반구정에 가서 본다

부근 뭇 포병 부대의 탄착지
물 건너 장단 땅 거곡리 들판에
솟아오르는 포연을
조랑진 금곡동 발잇골 옛 마을에
마지막 생존한 땅두더지 한 마리
장엄하게 폭사하는 모습을

또한 듣는다
조선 세종 때의 재상
늙은 황희의 깊은 탄식 소리를
탄식처럼 출렁이며
강물은 계속 역류해 오르고
빗나간 포탄 하나 강에 떨어져
물기둥이 솟구친다

그러나 방촌 황희여

어진 왕은 죽고 수백 년 폭정이지만
강물처럼 역사가 역류한다고 생각지 않네
동학군의 피와 오월의 땀이
강에 뿌려지는 재라고 생각지 않네
빛나던 시절에 살았다고 당신을
물론 부러워하지도 않네

하여 이 시대를 차라리 겨울이라
규정하지 않으며, 밤이 깊으면
새벽이 멀지 않으리, 혹은
어차피 강물은 물때에 맞춰
바다에 이른다는 따위의 말로 지금
여기에서 희망을 부르거나
마냥 기다릴 수는 더욱 없네.

서호빈

그를 묻고 돌아오는 길에 새 한 마리 오래 뒤따라 날아오는 걸 보았다. 그때 이후 노양의 잠은 종다리를 꿈꾼다. 배동이 서는 보리밭에 누워 있곤 한다. 종다리는 하늘 끝까지 날아오르며 노래하다가 그녀의 품속으로 곤두박질쳐 떨어진다. 그런 꿈을 꾼 날은 정신 없이 눈물 흘리며 금남로를 헤맨다.

오월 이십팔일 그녀는 조바심으로 입술이 타다가 혼자 길을 나서 도청 앞에 이르렀다. 도청에서 허드렛일 하는 아줌마들 틈에 끼어 정문을 통과했다. 건물 왼편 뜰에 누운 사람들 모두 살펴도 그녀의 애인 서호빈은 없었다. 안도감으로 무너지는 몸을 계단에 앉히니 일등병이 다가와 옆에 앉았다. 그러고는 데모하는 대학생놈은 모조리 죽여야 한다고 지껄였다. 뒤뜰에 있는 여덟 놈은 모두 자기가 쏘았다고 뇌까렸다. 그녀는 소스라쳐 일어나 뒤뜰로 갔다. 첫째 시신을 보니 아니었다. 둘째 시신도 아니었다. 셋째 시신을 덮은 광목을 들치니 이마에 안경이 걸쳐진 그이였다. 눈을 부릅뜬 채 가슴에 구멍이 난 사내, 얼굴이 백지장 같은 틀림없는 그이였다.

그때 이후 노양의 잠은 종다리를 꿈꾼다. 배동이 서는 보리밭에 누워 있곤 한다. 곤두박질쳐 내려온 종다리가 그녀의 가슴에 집을 짓는다. 그때 이후 그녀는 꿈과 현실 사이에서 비칠비칠 자꾸 다리를 헛디딘다.

이상호, 「가자! 어둠을 뚫고」, 16×14cm

지리산 찔레꽃

보인다
눈 감아도 보인다 아스라이
찔레 꽃덤불 위로 피어오르는
지리산 아지랑이

아지랑이 사이로 어른대는
갈색 놀란 토끼눈
총소리 들리고
더벅머리 쑥대머리 빨치산 사내들
삭정이로 불을 지피고

깜박이는 불빛 따라 접근한
국방군 부대
또 총소리 들리고
쓰러진 조선이나 한국의 사내
그들의 입에 눈에 흙이 들어가
꿈도 집념도 온갖 욕망도
바람에 날려 보내고

지리산 등성이 여기저기 누운
산사람 혹은 국방군
그들이 뒤엉켜 함께 피우는

찔레꽃
지리산 찔레꽃.

김경주, 「춤」, 43×50cm

고슴도치

몇 번이나 이름 바꾸며 살아왔던가. 아직도 가명을 쓰는 이씨는 찔끔찔끔 남몰래 술마시는 버릇이 있다. 납쟁이 사십 년에 요즈음 그는 백발 성근 머리칼 뒤로 쓸며 명함 찍는 인쇄기 앞에 쭈그리고 앉아 있다. 이리저리 수소문해 마침내 그를 찾아 차 한 잔 같이하자 했을 때 서슬 푸른 인공시절 팔봉의 인민재판에 대해 물었을 때 그의 등뒤로 솟아나는 무수한 가시를 보았다. 그리고 한사코 회피하는 그를 놓치고 혼자 소주잔을 마주했을 때 나는 미리 듣고 온 사실 외에 아무것도 그의 경력에 대해 아는 게 없었다. 자신의 과거를 낙엽으로 태워 송두리째 묻어 버리고 싶은 자의 씁쓸한 저녁, 그는 지금 어느 거리 어떤 골목에서 홀로 술을 마실까. 아니면 그냥 보금자리로 돌아갔을까. 십팔 년 옥바라지에 삼남매를 기른, 무엇보다도 가시를 세울 필요가 없는 할멈의 곁에 하마 누웠을까.

이영진。

9시 저녁뉴스 앞에서

시그널 뮤직이 끝나고
선전이 끝날 때까지 아버지는 신문을
보고 있었다.
어머니는 밥상 위에 마른 행주질을 하고 있었고
동생녀석은 벽에 기대인 채
『말콤 엑스』인가 하는 책을 건성으로 뒤적이고 있었다.
선전이 끝나고 높은 양반께서 무어라 장중한
말씀을 끝내실 때까지
모두들 꿈쩍도 하지 않고 뉴스는 저 혼자
흘러가고 있었다.
이것은 언제나의 습관처럼 그랬다.
"가을 들어 찬바람이 불면서
약간의 물가상승이 있을 것 같다"는 진행자의
말이 끝나자
어머니는 갑자기 볼륨을 크게 올렸고
아버지와 동생은 신문과 책을 내려놓고
귀를 빛내기 시작했다
물가는 한 자릿수에서 더 이상
올라가지 않을 것임을 강조하는 발언이
몇 차례 계속되었으나 모두들 그 말을
믿는 눈치는 아니었다.

이것은 우리 탓이 아니며
언제나 이렇게 앉아서 당할 수만은 없다고
속을 끓이는 동생과
달래는 아버지의 타이름은 밑도 끝도 없는
입씨름으로 번져가고
연탄값 쌀값 고추값이 걱정인
어머니는 한숨 섞인 행주를 들고 부엌으로 나가고
TV는 계속해서 아무도 듣지 않는 소리를
뱉어내고 있었다.

전공 정상길의 일기 1

비를 맞으며
매끄럽게 솟아오르는 전신주여
젖은 전신주를 기어오르는 나는
본래 순하고 순한 사람
힘없고 빽없어 순할 수밖에 없는 사람
누가 내 발바닥에 쇠못을 박아 놓았을까
사람답게 사는 일이 아득해
기어오르고 또 오를 뿐
아무것도 모른 채 굴뚝보다 더 높이
교회 지붕보다 더 높이
하늘 가까이 기어오를 뿐
내 허기진 꿈과 가난의 가파른 기둥을 기어오를 뿐
나는 정말 아무것도 아지 못했다.
지난 여름 용석이가 까맣게 숯이 되던 고압선
그 검은 죽음의 그물 위를
식은땀을 흘리며 넘나들 뿐
오직 두려움과 떨리는 발바닥밖에는
난 결코 파업이 어떤 것인지 아지 못했다.

김경주, 「팔 다친 김씨」, 29×42cm

전공 정상길의 일기 2

전신주여 솟아올라라
무안군 일로면 황토 위에 비는 내리고
우리는 구두 밑창에 엉겨 붙는
붉은 흙덩이를 떼어내며 기어오르고
두 달 보름이 지나도록
간조날은 오지 않았다
두만강 푸른 물에, 슬픈 젓가락만 빈 채로 오가는
월급날, 나는 정류장 옆 국밥집에 모인
떠돌이 전공들과 함께
오랫동안 우리의 발목을 죄어놓던
발꿈치의 쇠못을 빼어버렸다
오기와 배짱 위에 꽝꽝 박혀 있던
쇠못을 시원하게 뽑아버렸다
다시는 작업화를 신지 않기로 했다
그것만이 우리가 할 수 있는
유일한 길이었다.

전공 정상길의 일기 3

사장 박씨의 돈갈퀴와 주먹은
끝내 완강했고
겁많고 착한 더벅머리 친구들은
민들레 꽃씨처럼 어디론가 흩어져 갔다.
나는 어느새 순천 교도소 작은 방 빵끼통 곁에
누워 있었다. 질 나쁜 폭력범에
불순한 파업 주동자가 되어 있었다.
작은 방 창살 밖으로
내 무심한 목숨 줄기처럼 비는 내리고
갇힌 몸이 되어서야 비로소 알게 되었다.
우리가 빼내버린 쇠붙이가 무엇인지
우리끼리 여윈 등을 마주대며
사는 길이 무엇인지를

오늘도 어디선가 칼잠을 자고 있을
순한 친구들아
싸구려 테이프를 틀어 놓고
흥도 나고 목도 메일 친구들아
언제고 성냥불 하나만 그어대면
확 타올라서 하나가 되던
우리들의 꿈
죽도록 사는 지극히 당연한 꿈 하나를

작은 방 똥통 곁에 누워서 깨닫고 있다.

홍성담, 「홍기일 열사」, 47×56cm

무덤은 큰 입이다

무엇으로 말을 하는가
어떻게 살랑이는 봄바람 혹은 봄꽃들을
함부로 노래하는가
갈수록 말이 줄어드는 나를 보고
이젠 철이 들어간다지만
소주에 전 이빨들아
족발을 물어뜯는
입술들아, 무엇으로
무엇으로 입을 여는가
큰 희망으로 타오르던 그해 여름
흰 천을 머리에 두른 친구들은
산으로 쫓겨가며 말이 없었다.
분수대 곁에서 타오르던 칸나꽃은
뚝뚝 핏방울을 흘렸고, 친구들은
미쳐서 미쳐서 그 아름다운 꽃길로
사라져 갔다.
아아, 숨어서 쥐구멍을 파던 가슴으로
쥐구멍을 파다파다 피가 마른 입술로
어떻게 지껄여야 하는가
말이란 입을 통해서가 아니라
온몸으로 오는데
높은 벽, 닫힌 철문 사이, 무덤 같은 침묵으로 오는데

아무도 입술로 울어서는 안되리,
산속으로 산속으로 쫓겨가며 울지 않던 친구야
소리없이 무덤으로 솟아오른
붉은 흙들아
너는 죽어서, 숨어 산 자들의 입이 되었다 너희들의
무덤은 세상에서 가장 큰
입이 되었다.

윤재철。

흙

맹회猛會의 죽음

허수아비

바람잡는 세상

풀잎, 27세의 정직한 시각

흙

일몰의 질펀한 물자리처럼 거기 우리는 서 있다
마지막 남는 노을처럼 우리는 서성이며
파묻히는 적막을 또한 기다리고 있다
적막은 우리가 떠나며 마지막 벗어놓은 의복처럼
아직 온기로 남아
우리의 갈라진 발을 가슴으로 받아들인다
우리는 끝없이 파묻히는 순간으로 남고
마지막 우리는 평등하다

세상 떠도는 바람 같은 우리의 뿌리를
말없이 받아들이는 큰 손
질감質感의 큰
손
무수히 우리는 떠나며
일몰이면 거기 돌아와 눕고 있다
죽지에 머리를 묻는 작은 새의 평화로

김경주, 「봄」, 46×25㎝

맹회猛會의 죽음
—술에 취한 채 귀대길 기차에서 떨어져 죽은 내 이종사촌을 위해

사나울 맹猛자 맹회여 너는
드디어 네 죽음조차 술로 마셔버리고
땅속 차디 찬 얼굴로 누워 있구나
네 젊은 가슴 들끓이던 사랑이며 분노
이제 사라졌는가
네가 네 육신을 부숴버린 것처럼 아니
네 가슴 무성한 잡초로 흔들리고 있지는 않는가

기차바퀴가 네 육신을 갈아마시고
겨울 바람이 밤새 네 피를 핥았겠지
그러고는 들판 아침 햇살 속에서
우리는 무엇을 보았을까 맹회여
이미 부숴지고 없는 너의 얼굴을 주워모으며
떨어져 나간 네 다리의 군화끈을 풀며
우리의 손가락은 차가운 네 손가락을 닮고

중대본부 인사계의 책상 위에는
병참으로 떠날 너의 관물과
눈 빠지게 기다리던 보름 남은 네 제대특명지
모든 것은 그렇게 끝나 버렸구나
대학학적계의 네 성적란이 4학년 1학기에서
그대로 끝났듯이

사랑하다 만 너의 여학생에게도
네가 돌을 던지던 온갖 것들에게도
그리고 불행했던 나의 이모 그 찢어진 가슴에
마지막 못을 박고

이제는 기다릴 아무것도 없이 누운 맹회여
머리를 깎고 입영기차에 오르며 눈에 어리우던
너의 눈물을 이제는 용서해야지
종로나 신설동 안암동 거리 지나며
문득 너를 만나고 너를 닮은 사람들을 만나고
그렇게 취해 돌아와 누운 한밤중
목말라 눈을 뜨는 머리맡 맹회여
너는 네가 떠난 것들을 쓸쓸히 굽어보고 있다.

박진화, 「바람」, 26×36cm

허수아비

—오대산 적멸보궁寂滅寶宮에서

숨쉬는 것은 모두 바람이었느니라
흔들리는 풀잎도 너를 키운
대지도 크낙한 바람이었느니라
바람이 바람을 낳고
바람이 바람을 남기고
가는 것도 바람 흔들리는 것도 바람
하늘은 온통 바람이었느니라

오대산 상원 중대 지나 적멸보궁
바람뿐인 세상 한가운데
바람의 지음을 받은
한 개
허수아비 서 있느니라

세상 어디에나 있는 세상 어디에도 없는
여래의 집
바람의 집
뿌리가 바람을 키우나니라
머리칼로 바람을 기르나니라

살아온 길도 살아갈 길도
아득한 바람의 길

바람이 바람으로 가나니
바람이 바람으로 남고
에헤라 허수아비야
어헤라 허수아비야

홍성담, 「흐르는 물이야」, 58×47cm

바람잡는 세상

누군가 늘 바람잡는 세상 바람개비는 돌고 바람개비 속 그대의 눈이 돌아 보아도 보이지 않는 바람의 깊이 누군가 보이지 않는 손으로 바람을 구겨잡고 미친 듯 바람을 내닫게 해 담배 피우듯 거리 걷지만 남의 발처럼 자꾸 헛디디는 발 구두 뒤꿈치 벗겨내는 누군가 아무 데도 없는 아니 보이지만 보이지 않는 누군가 목덜미를 잡아쥐고 바람을 먹여 여우 같은 놈 누군가 눈에 보이면 그 얼굴을 한 주먹으로 내치련만 여우 같은 놈 누군가 바람 안에 있어 바람개비 돌리고 아침에 눈을 뜨면 곁에서 없어진 내 친구 신문에 떠들썩하게 포로로 올라 앉고 나도 저도 모르는 내 친구의 죄 법정에 서서 사형선고 받는다지만 글쎄 몇 달 뒤면 그 거리 걸으며 다시 나와 악수를 해 그러나 목숨 건진 죄로 굳게 다물어진 입 눈 속에서는 거칠게 바람개비만 돌고 누군가 늘 바람잡는 세상 하루하루 눈뜨면 우리는 또 다른 세상에 와 있어 조금씩 미쳐가는 세상 크리스천 디오르 피에르 가르뎅이 바람결에 나부끼고 50평 맨션 춤추듯 솟아올라 돈을 좇아 바람 좇아 돈을 잡아라 사람들은 날아다니고 그러나 바람 속 이리저리 드러나는 네 어릴 적 가난한 상처 디오르 가르뎅으로도 가리지 못하고 정든 땅 뼈가 썩고 누군가 늘 바람잡는 세상 바람개비는 돌고 피는 멎고

이철수, 「괭이질」, 24×24cm

풀잎, 27세의 정직한 시각
—진경에게

헝클어진 머리 그대로 누운 폐허를 나는 좋아한다. 붉은 벽돌로 쌓은 벽 담쟁이 넝쿨 몇 줄기 붙은 채 지붕은 없어도 좋다. 그리고 붉게 녹슨 기계덩어리 한두 개 놓이고 풀잎이 제멋대로 자라면 좋다. 키 큰 풀잎 끝에 하얀 꽃잎 달리고 한데 바람에 쓰러지는 마당나비는 없어도 좋다. 그냥 환히 햇빛 내리는 소리 들리고 한두 사람은 더 와도 좋으리.

구로동이나 오류동 거리 걸으며 문득 가슴속에 내려앉는 폐광. 하늘로는 강한 심장의 쇠의 새 날아가고 땅 위를 스치는 새의 그림자 그러면서 문득 우리를 우리로서 만나본 적 없는 슬픔이 햇빛처럼 싸아내려 혁명은 배고파 울부짖는 갈라진 내 목젖 사이 휑 뚫린 바람뿐, 조국이 내게 준 은혜는 병든 민주주의와 몰염치, 낡은 교과서와 분단을 닮은 엄연한 분열증세.

친구여 헝클어진 머리 그대로 여기 폐허 위에 눕자. 하늘 흘러가는 구름 시큰둥 바라보는 마음 그대로 키 작은 풀잎들 거기 녹슨 철사줄 둥치만 남은 나무들 소문없이 버려진 것들 사이 우리의 피곤한 몸을 눕히자. 시는 삶에 값해야 하는 것. 그러나 없는 것을 사랑하는 마음이 우리를 잠 못 이루게 하고, 또 우리를 걷게 하는 것. 없는 것을 사랑하는 마음이 우리의 마음을 열고 우리를 눕히는 것. 친구여 버려진 것이 더 많은 이 땅 한 개 풀잎 끝에 심는 우리의 핏방울, 언젠가 우리를 일으켜 세우리라. 아무도 듣는 이 없는 우리의 노래가 저 푸른 하늘에 힘줄로 들어가 박히고 그때 우리는 다시 일어서도 좋으리. 패배는 그림자처럼 또 다른 한 손에 쥐여 있는 것. 서

두를 것 없이 해질녁 바람 결에 눕는 풀잎의 소리를 듣자. 풀잎의 소리만큼 우리는 떠나는 몸. 27세 풀잎에 얽는 우리들의 정직한 시각만큼 친구여 우리는 또한 떠나며 살아 있는 풀잎. 젖은 가슴으로 눕는 풀잎의 소리를 듣자. 헝클어진 머리 그대로 누운 폐허를 나는 좋아한다.

박주관

죽음이며 부활이다 1
죽음이며 부활이다 2
죽음이며 부활이다 3
죽음이며 부활이다 4
죽음이며 부활이다 5

죽음이며 부활이다 1

우리를 묶는 것은 무엇인가
나를 묶는 것은 죽음이 아니다
사랑도 자유도 아니다
소리지르고 싶은 거리에서
참된 혀를 보이지 못하는
우리들의 간교한 웃음 때문이다
더 이상의 결박과 사랑은 묶을 수 없다
날고 싶은 것은 예수만이 아니다
죽어서 부활하고 싶은 이가 많은
이 나라 그 고향에 돌로 만든 가슴들이
부둥켜 안고 있다.
우리를 묶는 것은 죽음이지만
결코 그것만이 나를 살린다
숨쉬게 한다 부릅뜨게 한다

홍선웅, 「땅의 기쁨」, 18×26cm

죽음이며 부활이다 2

잊었던 친구의 목소리가
콘크리트 벽을 부수고 어느 날 조용히
그러나 다부지게 불어와 잠들어 있는
우리를 깨우치고 지나간다
무등산 너머로 함성이 가득 찬
너의 음성이 도청 앞 분수대에 메아리칠 때
울음을 터뜨렸던 어린 아이가 자라서
이제는 학생이 되고 어른이 되어 간다
얼굴도 보이지 않는 그가 다시 남쪽으로 날아갔다
담장 너머로 보이는 푸른 하늘은
누구의 것인가

박진화, 「눈물」, 36×26cm

죽음이며 부활이다 3

신이여 그 소녀를 구하소서
맑고 검은 눈동자 속에
콜롬비아가 죽어 가고
아르메로시가 불타 올랐다
네바도 델 루이스 화산의 폭발이여
한반도 남쪽에서 타오르던 불꽃이여
연옥 같은 깊이였을까
지옥 같은 어둠이었을까
유황진흙 속의 오마이라 산체스 소녀
우리들의 마지막 희망이여
우리들의 마지막이며 시작인
죽음 앞에서도 산 남쪽의 사람들이여
육십 시간 만에 구출된 가녀린 소녀는
큰 바위덩이의 무게 때문에 죽었지만
아저씨들 쉬었다 하세요
초롱한 눈망울로 동화를 들려 주던
아저씨들을 쳐다보았다
거기에는 무장한 군인도
헬리콥터로 내려온 특공대원도
모두가 지쳐 있었다
또 한 번 세계는 울었지만
어느 누구도 기억에 남기지 못했다

박진화, 「맨바람」, 36×26cm

죽음이며 부활이다 4

그는 기름과 함께 타올랐다
아내와 자식들을 두고서
왜 그는 하늘나라를 택했단 말인가
지상의 인간들이 인간을 착취하는 걸 보았다
분노치 않은 분단민족은 계속 헤어져 살아야 할 것이다
그는 배우지도 못했지만
하나님 말씀대로 살면서 기어이
해내고 말았다 실천하고 말았다
혼자서 먹고 사는 것
어데 힘 들지 않으랴마는
높은 사람은 말한다
아프리카에서는 하루에도 몇백 명씩
죽어 가는데 굶어 죽는데
이 나라에서 굶주린 사람은 없으니
잔소리 말고 살아라 한다
인간이 누려야 할 인간의 길도 모르는
그들은 종교도 갖지 말라
침대에 누워서 그 짓도 말라
아무 일도 없듯이 오늘은 바람이 분다
그대 가고 없는 이 땅에
바람 불어와 죽은 넋들을 위로한다

이준석, 「분노」, 35×40㎝

죽음이며 부활이다 5

진실로 괴로워하며 살지어다
진실로 죽을 수 있다고 외쳐라
진실로 나는 맨손으로 살 것이다
모든 것들을 네 이웃에게 줄 수 있다고 외쳐라
그들이 너희를 죽인다 한들
두려워하지 마라
웃으며 죽는 날 그는 살 것이다
우리들도 죽어서 타오르는 새가 되고 불꽃이 될 것이다
진실로 빈손으로 이 세상을 떠나야 하리라
어느 세상 오더라도
너희는 진리의 편에 서서 싸워라

박몽구。

어떤 옥중결혼

도너츠타령

마르코스의 홍두깨

겨울 남산행

친구여 네가 떠나고

어떤 옥중결혼

반질반질 진주 목걸이는 없어도 좋아
빳빳하고 수북한 부줏돈은 없어도 좋아
길고도 외롭게 포위된 전쟁터에서
머나먼 고향으로 비둘기를 띄우듯
깎아지른 바위 밑 현저동에 사는 옥미는
신정동 뚝방 가에 사는 종선이에게
굵은 눈물로 쓴 엽서 한 장 보내
고드름처럼 차갑게 박힌 접견실의 쇠창살들을
엿가락처럼 녹여 버렸다
천하에 내놓을 것이라곤 값싼 사람값밖엔 없어
똥값밖에 없어
내노라 하는 기술도 없어
밑창이 훤히 보이는 은행빚 외엔 돈줄도 없어
콩 한 조각도 나누어 먹는 넉넉함도 없어
어깨 고달픈 일꾼들의 일당을 말감고 되 속이듯
눌러두어야 수출이 잘된다는 사람들에 맞서
일어섰다가 현저동 까치밥이 된 옥미
타누르는 사람들 앞에서는 이글이글 불이던 그녀지만
언제 저렇게 갈라진 논밭 다 적시고도
아직 가슴 넉넉하고 서늘한 물이 되었을까
3평이 될까 말까 한 월셋방에서
늙은 부모와 동생에게 잘 자리를 내주고 나면

책상다리 밑 휴지통처럼 던져져 자던 옥미
노사협의회에 나가 일방적 타협안을 깨뜨리랴
밤새워 흩어지는 양 같은 동지들을 모으랴
위는 몇 벌 기워야 할 만큼 헐고
만성 디스크로 모르는 곳에서 앓던 조합장 옥미
이 모두가 사막같이 보이지만
어느새 짙푸른 우물을 파놓았을까
계절의 채찍이 아무리 매서울지라도
우리는 맨몸끼리 부둥켜안고 이렇게 따스할 수 있다고
긴긴 미로의 서울길 어두운 노모가
옷보퉁이 들고 면회오는 게 안쓰러워
불량배와 포크레인과 철거 계고장 앞에
마지막 터전을 붙들고 늘어지다가
갓 유치장을 나와 김장시장에 나가 일하는 종선이에게
혼인신고를 해달랬단다
물 한 잔 떠놓지 않았어도
아직 억센 포옹은 없어도
쇠창살을 넘어 훼방꾼 악법을 넘어
우리는 뜨겁게 만나고 있다고
멀리 떨어져 더욱 세게 튀기는 불길로
차가운 거리를 덥히자고
내밀어도 내밀어도 닿지 않는 한몸이 되었단다

정진석, 「民」, 26×36cm

도너츠타령

구로공단이 가까운 대림시장에서
여느 아낙보다 더 질끈 행주치마를 두르고
만두며 빵을 굽고 국수를 삶는 세민이형이
늦가을 밤 출출한 손님들 입에 대기에도 바쁠 텐데
막내 처남 편에 도너츠 한 봉지를 싸서 보냈다
호랑이가 목을 지키는 고개도 없는데
칼로 물 베기 싸움을 벌인 것도 아닌데
그 무슨 장벽 같은 입에 풀질을 해대기에 바빠
형과는 얼굴 윤곽이 가물가물할 정도로
멀리 떨어져 살고 있었다
하여 처음에는 설레는 마음으로 봉지를 뜯으면서
뜨거운 핏줄이나 잇자는 것이겠거니 생각도 했다
그러나 웬걸, 손님들에게 팔다 남은 고물도 아닌
먹음직스러운 그것을 한 입 깨물자마자
아내와 나, 어린 것은 울상을 짓고 말았다
막내 처남은 그런 우리들을 보고 웃기만 했지만
나중에 털어놓은 말로는
마침 구로동 쪽에서 쫓겨온 학생들을 뒤따라
행인들을 짐짝처럼 제치고 시장으로 들어온 아저씨들이
자기들은 버젓이 방독면을 쓴 채
사과탄을 마구 쏘아대는 통에
손님을 끌려고 가게 앞에 내놓은 것들을

겨자에라도 버무린 듯 몽땅 버리고 말았다고 한다
허리를 졸라맨 채 자정 너머까지
희미한 전등 아래서 손님을 기다리는 세민이형
사십이 되도록 내 집 마련의 꿈은커녕
점점 서울의 변두리로
싼 가게를 찾아 복덕방을 뒤지는 세민이형
형은 오래 떨어져 살지만 여전히 한 체온임을
누군가 망쳐도 망쳐도
오뚝이처럼 굳세게 일어서고 있음을
만두 냄새 빵가루에 묻혀 살지만
세상 물정에는 어둡지 않음을
따스한 피 한 되를, 눈물을 제대로 닦을 틈도 없이
붙들려 가는 젊은이의 모습을
도너츠 한 봉지에 가득 담아 보냈으리라
그날은 쌀쌀한 늦가을답지 않게 더운 가슴이었다

홍선웅, 「'목석원' 부분」, 26×27cm

마르코스의 홍두깨

저 아니면 이 나라를 건질 사람이 없다고
팔팔한 청춘 때부터 백발 희끗희끗할 때까지
마력에 끌린 듯 떠날 수 없었던
권좌를 지금이라도 내놓기만 하면
곧 신인민군들이 두더지 생활을 청산하고 나와
이 나라를 붉게 만들고 말리라는 경고에
나는 그럴 수 있으리라 고개를 끄덕였다
유혈을 불사하며 연일 데모대들이 거리를 메우고
장삿속과 시내버스가 묶인 것을 보고는
그의 걱정에도 일리는 있으리라 생각했다
때로 고칠 수 없는 지병으로
테레비에도 가끔 허수아비만 왔다갔다 하는 마르코스
병중의 자네 근심이 얼마간 내 가슴에 닿아 아프기도 했다
그런데 어느 누구보다도 필리핀을 사랑하고
필리핀을 세계 제일가는 파라다이스로 가꿀 자신이 있다고
호언하던 자네의 보증수표에 찍힌 잉크가 마르기도 전에
뉴욕시와 호주와 스위스의 비밀금고에 예치된
무려 6천5백억 원이나 되는 도피 재산이 밝혀졌지
너무도 고귀한 자네의 이름은 함부로 쓰기 아까워
자네 아내 이름으로 사둔 별장과
아들 이름으로 사둔 카지노장과 사돈네 팔촌 이름으로
농락한 여자들의 치맛자락이 들먹거려졌지

밑바닥을 기는 국민들에게는
그의 발바닥이라도 핥아
조국에 튼튼히 뿌리를 박으라고 못박아 놓고는
정작 저 자신의 뿌리는
낯선 파라다이스로 옮겨 버린 마르코스를 보면서
김형 자네는 술에 취한 듯
남의 얘기가 아니라며 책상을 두드렸었지
문어발식 법으로 국민들을 묶고는
저 자신은 아무도 뒤쫓지 못할 안전지대로
이사해 놓고 있는 마르코스를 보면서
김형 자네는 끝없이 발 밑이 꺼진다고 했지

정진석, 「이제야 알 것 같아요」, 26×36cm

겨울 남산행

하늘을 나는 새도 떨어뜨린다지만
삼천리 강산 어느 곳
갈가리 찢고 가는 말발굽 같은 손길의 매서움
비정에 닿아 성한 데 없다지만
저 보랏빛 신부의 한 가닥 단꿈을
산산이 깨부수는 날
당신들의 모든 것 잃고 말리
꼭 이래야만 되는 걸까
찬바람 제아무리 날을 세워도
부끄러워 부끄러워 애틋한 부리마저
깃 속에 묻는 신혼의 꿈 깨지 못할
영일만 신혼 여행지
생살을 찢는 아픔에 떠는 신부를 남긴 채
꼭 이래야만 되는 걸까
영택이가 호송차에 꽁꽁 묶여
다시는 못 돌아올 듯 떠나던 밤
마른 하늘도 별빛 대신 진눈깨비를 뿌렸다
산적같이 덥수룩한 수염, 냄새나는 잠바 한 벌뿐
저를 다 버린 채 가면의 책을 던지고
끝없는 오라에 묶인 사람들과 살다가
유치장을 점심 떼우듯 드나들다가
이제 모처럼 노곤한 날개를 접어

연분홍빛 꿈의 이불을 펴는
저들을 차디 찬 칼등으로 떼어 놓아서는
누구도 건드리지 못할 따스함에
손찌검을 해서는
당신들은 끝내 무너지고 말리
우리 모두 등을 돌리고 말리
오오 손대지 마

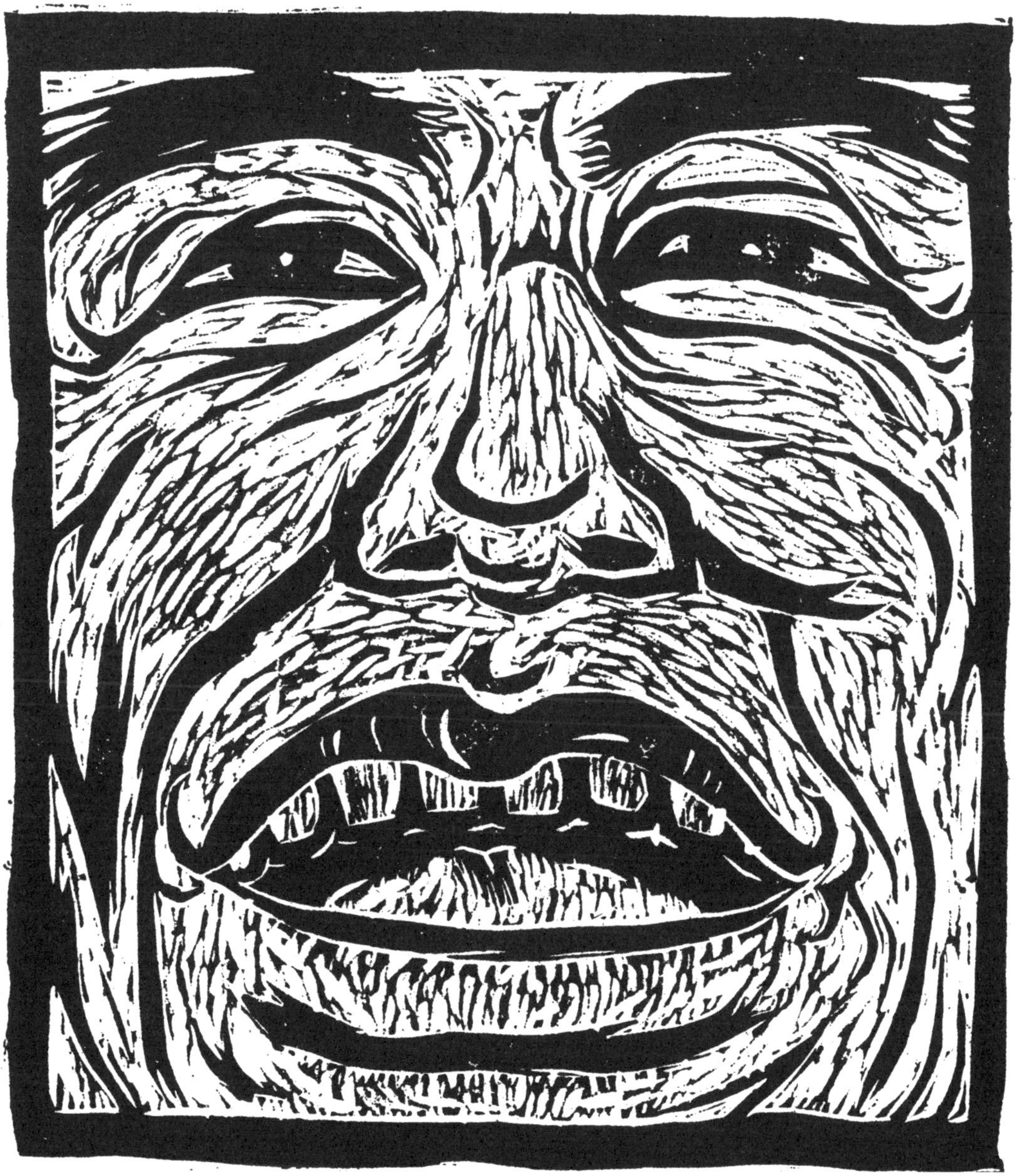

류연복, 「웃음」, 15×18㎝

친구여 네가 떠나고

무슨 몹쓸 잘못을 저지른 것도 아닌데
더 이상 두더지처럼 땅속을 더듬을 수도 없어
네가 출두하기로 한 날
창 밖에는 추적추적 비가 내렸다
뜨거운 차로도 속은 덥혀지지 않아
묵묵히 수갑을 받으러 떠날 때
네 눈 속에는 두려움 대신
맑은 분노가 흘러내리고 있었다
우리는 뜨거운 것으로
가슴 깊은 곳의 얼음을 녹이기 시작했다
차마차마 보잘것없는 손으로 머물 수 없어
모기 소리라도 지르리라
아르마딜로처럼 둥근 말들만 굴러다니는
거리에 가시가 되리라
아직 많은 것이 그대로 잠겨 있는
빙산을 녹이기 시작했다

나해철

감
오색단풍
향아
독립군을 찾으며
곤충의 잠

감

가난한 시골 어느 집에서도
이웃에 드러내 놓고 자랑하는
보석인 너는
남루할수록
가슴 안에 이슬처럼 고여 맺히는
순박과 순결로
마당가에 눈부시게 피었다
바람비에 씻기우고
찬 서리에 살 얼어도
영육으로 붉게 아파할 뿐
끝끝내 참는 너는
그러나 날파람 겨울이 깊어지면
불덩이처럼 심장이 뜨겁다
마른 생명이 부러지며
부대낄 때
드디어 연이어 너를 버리며
헐벗은 고향 어디에서도
혁명처럼
터져 꽃처럼 번진다

홍성담, 「해방여성 5」, 35×42cm

오색단풍

이리도 아름다운 땅이
내 나라 강토인가

가슴에 가득한 원망과
비원마저 잊어버리겠네

골짜기와 봉우리마다
아사달과 아사녀 임마중 가듯
볼 발그레한 어여쁨으로 섰는데

뼛속 깊이 굳은 그리움과
기다림마저 풀려 버리겠네

북산 남산 한 꽃밭으로
어우러진 큰 잔치인데
부끄러움 가시지 않는
갈려 사는 한 백성 살림살이

타오르는 분신의 순정으로
겨레의 터전을 꾸미는
순결한 이 산하에서 함께 태어났는데

향아

향아
풀잎마다 깨끗한 영혼을
머리에 이고 빛에 서는
아침이다
향아
너를 부르면
네 이름은 이슬이 되어
내 가슴에 방울진다
향아
바람과 빛 속에 가득 찬
이 향기는 어디서 시작된 것이냐
사는 것이 늘 꿈을 꾸는 거라면
세상에 홀로인 것은 없다
향아
따뜻이 등을 맞댄 크고 작은
풀들을 봐라
잎마다 맑은 창을 열고
아침 인사 주고받는다
향아
풀밭에 누이면
그냥 귀여운 연두빛 풀이 되는 향아
너를 부르는 아침

이 향기는 어디서 불어와
푸르른 풀밭을 출렁이게 하느냐

이철수, 「소녀」, 19×26cm

류연복, 「들풀이여 일어나 노래하라」, 36×26cm

독립군을 찾으며

그대는 어디 있는가
오래전 눈 덮인 벌판을
걸어온 그대는
한 가지
얼 꿋꿋한 피를 지키기 위해
이민족의 칼날바람 위를
맨몸으로 치달리던 그대는
이 땅에 태어난
존엄한 자존심만을 위하여
살붙이들
공양 바쳐진듯 고통의 제단에 올라 있을 때
굳은 주먹으로
대륙의 가슴으로 한 번은 우리에게
왔던 그대는
지금 어디 있는가
큰 걸음걸이
푸른 정신 모두 목 타듯 그리운데
결코 죽을 수 없는 그대
갇히었나
가위눌렸나
어디에서 심장을 뜯고 있는가
땅은 메말라

쩍쩍 금가 있고

돌보는 이들

아리따운 옛적 대한 사람들 모두들

떠나가고 돌아오지 않는데

우리는 아직도

독립을 이루지 못했는데

쇠를 부수는 그대 목소리

꼭 들어야 하는데

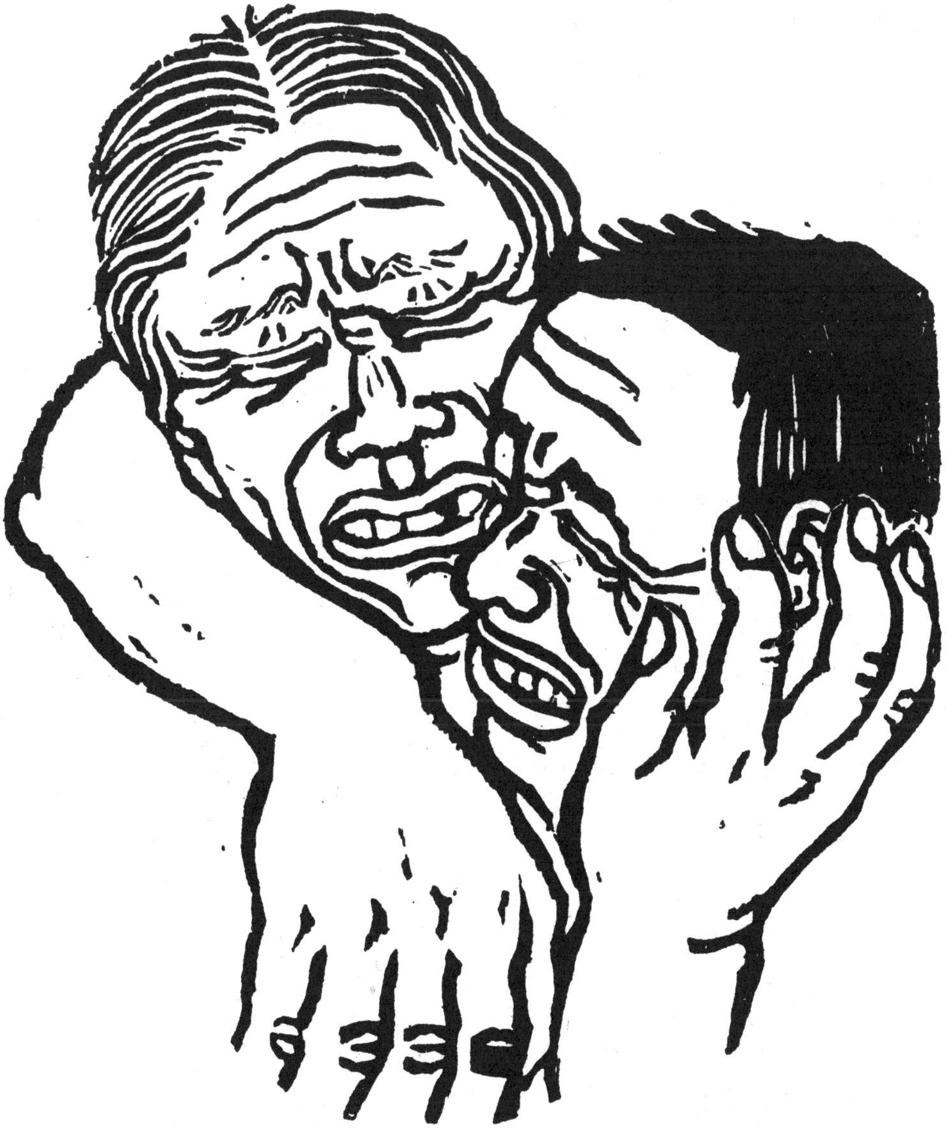

김봉준, 「모자상봉」, 19×23cm

곤충의 잠

곤충들이 겨울잠에 든
도립병원 영안실에
사람이 누우면
곤충 같다

나는 시를 쓰는 애벌레
너는 청소부 풍뎅이
황혼이 오면
말라 부스러지는 날개가
유난히 얇다

아시아의 동쪽 끝
억새 우거진 풀밭의
몇 종류 날짐승들은
일벌처럼 침을 쏘고
은어떼같이
바위 자갈에 살을 뜯기워 부서지면서
알을 낳는다

도립병원에 누운
곤충들은
무엇인가 소중한 것에 골수를 내주고

바스라뜨려진 들짐승 같다

나종영。

등꽃
뜬구름 속에도
눈
부끄러운 잠
화해에 대하여 2

등꽃

눈이 고운 사람아
사월이 가고 너를 만난 날 등꽃이 피었지
봄은 우리들 가슴속에 있어요
다소곳 햇살을 머금은 등꽃의 미소로
너는 고개를 숙이고
우리는 풀잎이 일어서는 들길을 걸었지
어둠은 어디서 와 두 번 세 번 이 땅을 덮는지
너의 손길이 잡은 방동사니 들풀 입술 어디에도
피어둠은 묻어 있지 않는데
칼바람은 어디서 날아와
우리들 가슴에 팍팍 꽂히는지
바닥이 보일 때까지 새벽별 어리는
강물이 희망의 발목을 적실 때까지
찔레덤불 너머 타박타박 걸어야 하는지
활활 타오르는 사랑을 하고 싶어요
유황불 얼굴에 붓고 용천뱅이 사랑 찾아
천리 황톳길 쫓아간 사람아
배고픈 아이들과 집이 없는 어머니
어슴새벽 걸어야 할 사람의 길을 이야기하던
마음이 곧은 내 사람아
오월이 오고 너를 만난 날 등꽃이 피었지
누가 너를 짓밟아 버렸는지

내 가슴에 불길이 일렁이던 봄 기슭
보리밭 두렁 쓰러진 네 모습 보이지 않고
끝내 열아홉 너는 돌아오지 않았지
등꽃송이 떨어지고 서걱이는 잡풀 위로
장대비가 쏟아져 내렸지.

뜬구름 속에도

풀잎 속에 사람들이 있다
뜬구름 속에도 사람들이 있다
밟힌 흙 속에는 숨죽인 사람들이 있고
어두운 갱 속엔 갇힌 사람들이 있다
욕망이 없는 모래야 바람아
그대 잠이 든 마을에 겨울이 오면
그대는 뜬구름으로 떠돌고
나는 그대 다시 일깨우는
풀잎, 푸른 빛이고 싶어진다.

이준석, 「바람 부는 날」, 43×35cm

눈

눈은 나에게 돌아와
엎드려 누우라고 한다
이 땅의 떠도는 혼들을
아무 말 없이 덮어주는 눈은
나에게 두 눈을 감고
조용히 되돌아보라고 한다
우리가 부르다 부르다 목메어
그리움이라고 하는 것을
잠시라도 잊을 수 없어
신새벽 달려가 몸 던져
껴안아보고 싶은 이름들을
어두운 밤 길을 가다 멈춰선
쇠잔한 내 형제의 어깨 위에
다스운 손길로 내려쌓인 눈은
나더러 벌판 건너와
바람 앞에 잠시 누우라고 한다
저의 찬 몸에 불씨 되살려
깨어나 함께 걸어가라 한다
우리가 부르다 목메인 그 하늘
그리움 넘어오는 봄길을
맨발로 걸어가라 한다

전정호, 「농부들」, 25×21cm

부끄러운 잠

깨어나야지
사면에서 달려드는 이 시린 바람에
녹녹히 웃어보일 수 있을 때까지
더 빼앗길 수 없는 빈 잠
그 잠의 어두움과 함께
또 무너져 내리는 무서움

가위 바위 보로 가려내는 감원에 대하여
긴 회랑 높은 담 너머로 새어 나온
법정의 애국가에 대하여
그 새벽 마른 떡의 목마름에 대하여
다시 만나 목놓아 이야기할 수 있을 때까지
얼음장 밑의 물처럼
잊지 않고 흘러,
긴 밤 두 홉 소주를 들이키지 않아도
버림받은 마을 덮는 눈길을
끝까지 걸어가

편안한 잠 잘 수 있어야지
이 시린 바람 숨죽여 일어서는
그 새벽의 피,
날이 선 창으로 옆구리를 찔러

찔러 깨어나야지

김경주, 「춤」, 15×26cm

화해에 대하여 2

너는 늘 나에게 지나간 과거에 대하여
잊어버리자고 달콤하게 속삭이며
손을 내밀지만
우리에게 보다 나은 먼 내일이 기다린다고
장밋빛 노래 불러주지만
나는 너의 손목을 잡을 수가 없다
안경 너머 히죽거리는 너의 웃음 뒤에
숨은 음흉한 흉계와 네가 내민 손길 뒤에
덮쳐올 야수의 발톱을 잊을 수가 없다
너는 나의 사랑을 빼앗고 여린 젖가슴을 찢고
피투성이 나를 비바람이 치는 거리에 내동댕이쳤다
이제 너는 푹신한 안락의자에 앉아
TV 채널을 이리저리 돌리면서
이 겨울 배를 채울 한 끼의 밥과
몸을 데울 몇 장의 연탄을 생각해준다
한 조각 봄볕마저 빼앗으면서
기름진 얼굴로 씽긋 미소를 흘리는 너에게
화해란 언제나 부드러운 것이다.

김진경

이철수, 「비 오시는 날」, 25×33cm

대구에 가서

긴 겨울 벌판에 눈이 내리고
기우는 집들의 바람벽 봉창마다
불빛이 졸고 있을 때
너는 그것이 따뜻함이라고 말했다
나는 말없이
너와 나의 어깨 사이로 내리는 눈을 보았고
마음 깊이
아니, 그것은 고통이라고 거부했다.

상가喪家에서

웅얼웅얼 그림자가 흔들린다
타오르는 장작불 곁에서

떠나갈 듯이 서 있는 나무 하나
바람이 우수수 소리를 내고

누군가의 목숨이 하나
깨어 뒤척이고 있다

깨어나라 사랑하는 사람들아 깨어나서
찬바람 속에 울고 있는 그대들의 목숨을 보라

산나무 가지에 스치어 그대들이 흘린 피
푸르게 눈떠
지금 외로운 짐승으로 숲속을 헤매고 있다.

류연복, 「치욕에 떨던 어느 날」, 26×36cm

박진화, 「소리」, 36×26cm

고척동

개천가 잡초더미 속에서 공장애들이 공을 차 올린다
하늘은 회색연기로 낮게
그리고 야산들은 벌겋게 무너져 늪을 메우고
그림자처럼 늪에 자라는 잡초들

구치소 흰 건물들이 낮이면 핼쓱한 얼굴로 나와서
제 그림자를 흔들다가
심심하면 잡초들도 흔들어 주다가
공장애들이 불쑥 차올린 공을 바라본다

구치소 높은 담을 따라 걷다 보면
흰 건물들이 상장처럼 이곳에 잘도 어울리는데
저녁이면 지친 얼굴로 돌아오는 사람들

수런거림 속에 슬슬 제 그림자도 거두고
호각소리에 두려운 얼굴도 짓다가 너는
멀리 날개를 펴 날아가는 꿈을 꾼다, 고척동.

피리

어둠을 불러 빛을 엮으랴
피를 흘려 구슬을 꿰랴
피리의 구멍마다 내 손 끝에는
바람과 별빛이 무너진다

이철수, 「춤」, 24×28cm

철길

우묵히 패인 고랑마다 피처럼 어둠이 고이고
희끗희끗 무너진 담벼락 흩어져
풀은 돋는데
애장터에 여우가 울듯 킬킬거리며
너는 묻어라

가슴속엔 항시 통곡의 마음
통곡의 마음도 너의 노래도 또 마지막
무너진 사랑도 너는 묻어라

가슴속엔 항시 철길이 있어
새파랗게 날 선 두 줄기
자객처럼 장검을 빼어들고 검은 하늘로 잠겨 가는데
어찌하리오, 다 쓰러진 풀더미의 정적 뒤에도

남아서 펄럭이는 깃발
푸득여 오르는 새, 새떼 새떼

가슴을 다오, 거대한 가슴을
담벼락처럼 버티어 서서 무수한 칼날에도 쓰러지지 않는
저 흙을 다오, 쓰러진 풀더미의 정적 뒤에도
날아오르는 새떼, 불타오르는 흙의 대지를

홍선웅, 「선생님」, 30×26cm

아이들에게

너희들이 들고 오는 답안지의 OX표 속에서
너희들이 한사코 따지는 1, 2점 속에서
나는 죽는다.
나는 죽었다고 간주하고 마음 편해진다.
아이들아, 미안하구나 이것은 나의 습관이다.
넘을 수 없는 비무장지대에서의 삼 년,
견디는 법은 죽었다고 간주하고 마음 편해지는 것
여기 있는 것은 이미 내가 아니라고
마음 편해지는 것
제대를 한 뒤에도
넘을 수 없는 선을 만날 때마다
나는 습관처럼 마음 편해지고
여기 있는 것은 내가 아니라고
마음 편해지고 철조망을 보았다.

넘을 수 없는 절망의 선을 무수히
어디에서나 아, 너의 시험지 위에도
여기에도 여기에도 우리의 살을 파고드는 날선 가시가
너와 나 사이에도, 또 너와 나 사이에도…
아이야, 미안하구나
너를 때린 것은 너를 때린 게 아니라
나의 비겁을 때린 것이다.

언제나 넘을 수 없는 철망 앞에서 날선 가시를 두려워하는
나의 비겁을 때린 것이다.

곽재구。

강남터미널
성산포
저물 무렵
고추잠자리
서울 갔다가

김봉순, 「부모님 만수무강」, 20×28cm

강남터미널

아무래도 나는 다시
고향으로 갈까 부다
강남 터미널 호남선 역사 앞에 서 있으면
차들은 우리들 가슴의 허기진 차선을
씽씽 추월해 가고 오뎅국물
끓어 오르는 간이식당에서 늙은 짐꾼들이
막국수 하나에 그들의 하루를 말아 넣는다
가만히 지켜보고 있으면
어디선가 길 잃은 눈발 몇 개 날아와
때 묻은 식기 속으로 떨어지고
노랗게 전 몇 조각 단무지 위에
겨울의 찬 불빛 스며든다
고개 들면 한 칸에 100000000도 넘는다는
아파트들이 줄창 늘어섰는데
한 달에 10만 원 이면 OK
하루 종일 구직 광고 쫓아다니다 보면
떠나온 고향이 죽도록 그리워진다
조금만 참으면 TV도 라디오도 잘살게 된다는데
외국빚도 갚고 선발 중진국도 되고
88년이면 그땐 정말 노다지가 난다는데
밤거리엔 눈발이 제법 굵어지고
하루 굶은 뱃속에서 쪼르륵 머슴새 울고

오늘밤 미친듯 눈 덮인 밤길 걸어
나는 아무래도 다시 고향으로 갈까 부다.

김봉준, 「풍물굿」, 34×23cm

홍선웅, 「민족통일도」, 33×51cm

성산포

성산 앞바다에 가면 보이지
우리들이 찾았던 아름다운 세상의 끝
유도화 꽃잎만 한 햇살들이
푸석한 우리들의 가슴께에 떨어지고
이 세상 아픔을 모조리 뿜어 올린
사랑의 분화구 하나 하늘 향해 섰지
청모시 드레스를 입은 신부들이 모래성을 쌓고
여기서만은 철야작업도 미싱소리도
뒤틀린 기침소리도 들리지 않지
물살 푸르른 남태평양을 배경으로
일당 3,000원의 수평선을 배경으로
언젠가 우리들도 물살 철썩이며 웃을 날 오겠지
비록 예식장에서 겉치레 예식은 올리지 못했어도
일박 6만 원 호텔방은 꿈도 꾸지 못해도
500원 짜장면으로 하루 세끼 때웠어도
목포에서 3등 밤배 타고 넘어 온 성산포
여기서 우리들 사랑은 시작된다지
가슴속 뜨거운 사랑의 분화구 하나 잉태하고
여기서 우리들 희망의 동거는 시작된다지.

정진석, 「병신춤」, 26×36cm

저물 무렵

매연에 물든 저녁 노을보다는
골목을 메운 어둑한 연탄가스 내음
더 좋단다 친구야 고향집엔
지금쯤 나락이 잘 익어서
감들이 빨갛고 이쁘게 피어서
말 같은 동네 가스내들 가슴팍에도
분바른 사랑의 몸살 돋아나겠지
대학 3년을 중퇴하고
용접 기능공이 된 나에게
무슨 희망이 있느냐고 너는 물었지
9급 세무직 시험 준비를 하면서
헷세를 좋아한다는 너의
보랏빛 세상의 꿈을 깨버리기엔
내가 너무 착하고 작은 가슴을 지녔을까
그래 친구여 이 세상은 온통
아름답고 빛나는 것들의 천지란다
9급 공무원을 하다가 7급, 5급 승진해서
언젠가 적당히 마음을 고치면
피아노도 사고 승용차도 사고
대학 나온 예쁜 여비서도 부릴 수 있단다
그렇지만 친구여 인간의 행복이
어디 그쯤에서 멈추겠느냐

프랑스 유학을 가고 박사가 되고
미국 시민권을 얻어 자유를 얻는다 해도
우리들의 사랑이 어디 그쯤에서 끝나겠느냐
친구여 9급 세무직 너의 꿈은 아름답지만
아직은 우리에게 더 급한 사랑과 슬픔의 꿈이 있단다
네가 공무원 시험에 합격하는 날
너에게 한잔 축하의 술을 사리라
가슴 아픔도 많은 이 세상 못다 한 말도 하리라
고개 들면 저만치 공장의 담벼락에 붙은
낡은 흙집들이 하나둘 종이 봉지에
예쁘게 싼 불들을 켜 든다.

홍선웅, 「농민전쟁」, 26×36cm

고추잠자리

고추잠자리떼 나는
문학부 벤치에 갔었지
서울에서는 IMF와 IBRD 총회가 열리고
늦핀 개발도상국 싸리꽃들이
코스모스 틈새에서도 예뻤지
대학본부 앞 광장에서는
차일을 친 학우들이 막걸리와 파전을 팔고
이제 곧 시작될 마당극
동물 안정법을 기다리고 있었지
일순 구호소리가 울리고
잠자리떼들이 빨갛게 솟구치고
그러고는 이내 접전 백병전
여기는 전선이 아닌데
적도 동지도 원수도 없는데
서로 미워할 수 없는 형제요 친구인데
와 돌격 죽여 쳐
가슴 아픔과 오열이 터지고
노교수들의 얼굴이 뜨겁게 얼룩지고
바람 한 점 어디서 불어오지 않았지
죽음보다 깊은 목마름으로 우리들이
기다렸던 사랑과 희망의 80년대
부끄러운 시대의 백병전은 끝이 없고

말없이 떠 있는 코스모스 꽃잎 위로
고추잠자리 몇 마리만 한가롭게
떠다니고 있었지.

이상호, 「금강역사도」, 49×82cm

서울 갔다가

보고 싶은 동인들 만나러 서울 갔다가
촌놈이 광화문 무교동 종각 소공로
어디가 어딘지 알 수 없고
약속 장소도 못 찾고 촌놈이
여기저기 찾아 헤매다가
무슨 반도 조선 아케이든가 하는
양식 점방에 붙은 백두산 천지
전경을 넋 놓고 보는데 촌놈이
이때 웬 청바지 걸친 코쟁이 둘 들어와
장식용 액자 몇 개 뒤적이다가
오우 천치, 지난번 중국 여행 때
천치 보았습니다 너무 아름답고 신비합니다
잡놈들 보고 싶은 우리는 꿈도 못 꾸는데
즈그들 싸움 탓인 줄은 모르고
당하는 슬픔의 빛깔은 생각지도 않고
미러클 뷰터플 연발하더니 값을 묻고
돈 오천 원을 DC하자고 조르더니
쌍놈들 천지가 무슨 이태원 보세 털바진 줄 아나
에라 그것 얼마요
가난한 선생 주머니 털어
어디 이게 장식품이고 액자에 갇힐
풍경이며 오천 원 깎을 물건이냐

그 자리에서 박박 찢어
눈 내리는 서울 하늘에 흩뿌리니
아름답다 온 시가에 천지 눈발 흩날린다.

고광헌。

한 번 숨 쉬고 두 번 반성하지 않으면

산죽山竹 2

산죽山竹 3

꽃

아침, 집을 나서며

정진석, 「사시」, 26×36cm

한 번 숨 쉬고 두 번 반성하지 않으면

한 번 숨 쉬고 두 번 반성하지 않으면, 친구여
저 신록의 숲속에서 울려오는 통곡
아카시아 핏빛 죽음을 두 번 죽이고 있는 검은 바람을
무릎 꿇리지 못하리라
우리의 더부살이가 성난 파도, 성난 해일로
검은 하늘 우뚝 솟아 타오르지 못한다면
그토록 그리운 조국의 하늘은
황사 가득한 빗줄기로
누렇게 헤어진 종살림의 옷깃을 찢으리라
들판의 풀잎들 돌아누워 허옇게 쓰러지고
빗살림의 빌딩 아래 허기진 배 쥐어잡고
눈물로 빗잔치를 바라보아야 하고
쭉정이로 단비를 기다린들 아무도
깜깜한 오밤중, 깜깜한 툰드라의 한살림 위에
불빛을 던지지 않으리라 다시,
한 번 눈 떠 바라보고 눈 감아 두 번
목청을 높이지 않는다면
어린 아들딸 사꾸라꽃 흐드러진 가로수길 지나
또다시 형제의 죽음을
바라보아야 하리라
얼어붙은 빌딩 사이, 미칠 수 없는 거리에서
굴종의 질긴 쥣값, 복종의 근육을 늘이어

형제의 한숨과 죽음의 핏자국을 거두리라
그때,
아무도 부역의 역사를 돌보지 않으리라
너희의 가슴에 이방인, 이방인의 문신이 새겨지고
너희 땅, 이방인의 농장에서
다시 평생을 눈물로 부역하리라
다시는 절망의 노래마저 부르지 못하리라

이준석, 「인산」, 24×28.5㎝

산죽山竹 2

혼자가 아니구나 외로웁지 않구나

산 아래 눈물 흘러 넘치는 평지 이제 겨우 초가을인데
서릿발 허옇게 성긴 지리산 초겨울 길섶에
포기할 수 없는 싸움
끝낼 수 없는 목숨으로
자유의 빛 푸른 색깔로
싸늘한 바람, 역사의 채찍으로 살아나
해방의 노래를 부르고 있구나
대속받을 수 없는 산하의 가슴 속에
새날의 손짓으로
서걱서걱 온몸 내던져
거역할 수 없는 명령으로 사는구나

아, 혼자가 아니구나
기다리다 지친 몸 이끌고 산으로 산으로
그리움을 찾아 떠난 사람들의
부릅뜬 목소리
서걱서걱 속삭이고
갈 길 찾지 못하고 떠돌며
채찍 맞고 서 있는 종살림의 발길 속으로
그대, 새푸른 발길로 따라 오는구나

김봉준,「사월의 노래」, 31×23㎝

산죽山竹 3

너희가 꼿꼿이 선 채로
뜨거운 불길
제 몸 제가 태우는 불길 속에
알몸으로 불타거나
차라리 서로가 서로의 슬픔을 껴안고
불이 되어 타오른 지 마흔몇 해

오늘 또다시
새벽 하늘 벌겋게 부끄러운 해 아래
한 시대 눌변의 슬픔을 이기고
우리들의 그리움이나 애증의 숲속에 불씨로 떨어져
말없이 뜨겁게 달아오른 산맥의
굵은 물줄기 사이에
다시 한 번 뿌리로 뿌리로 만나
부지런히 또 한 세상 일으켜 세우고 있구나

저렇게 겁도 없이 하늘 쑥쑥 찌르거나
널따란 가슴팍에 봄 눈〔芽〕을 틔우고
깊은 산,
죄 없는 깊은 산 속에
다시 꼿꼿이 피어
게으른 손길, 날 선 잎으로 깨우고 있구나

전정호, 「아리랑」, 23×23cm

꽃

왔구나
눈 뜨고 죽더니
꽃으로 피어 왔구나

부릅뜬,
다 썩고 눈만 남아 부릅뜬
붉디 붉은 산〔生〕 꽃으로 왔구나

시들어 사는 것들 일어나라고
내 눈알에
꽂혀 피었구나

그래 왔구나
차마 눈감고 죽지 못하더니
수만 송이 눈뜬 꽃으로 왔구나

류연복, 「씻김굿 다」, 26×36cm

홍성담, 「전투적 신명」, 40×26cm

아침, 집을 나서며
—임섭이가 하는 말

지금쯤,
맑게 고개 들어 바라보는 하나하나의 이름에
돌려받아야 할 사랑을 포개어
지난밤 너희들의 맑은 꿈들을 호명할 시간에
낮게 내려 앉은 안개를 걷어내며 떠오르는
도봉산을 뒤로 두고 걷다 보면

들린다,
나와 너희들 완강하게 가로막고 서 있는 벽
설움 많은 나라의 서러운 희망들이
길고 긴 회색의 담벼락 안에 갇혀
울고 있는 소리가

가슴속으로 한 쪽 세상의 슬픔이 무너지며
늦은 가을 따뜻한 햇빛과 바람의 손길에
과수원 풋과일들의 참을 수 없는 웃음소리가

그리고 또 들린다
못난 계절,
죽은 낱말들이 폐수처럼 흐르는 교과서 속에서
금기 속에 갇혀 튕겨 오르는
말들을 부르는 너희들의 목소리

충혈된 뇌세포, 가는 실핏줄 속에서
우리를 일으켜 세운다

그리하여, 싸워야 하리
온몸의 근육 온몸의 관절 일으켜 세워
한꺼번에 무너지는 벽을 향하여
여린 발목들 불러 모아 튼튼한 발걸음 되어야 하리
물러설 수 없는 발길 옮겨야 하리

평론

시와 미술의 만남

김종철*

1980년대의 한국 예술은 이전의 어느 시대보다도 역동적인 변화를 보이고 있다. 그 가운데서도 가장 '혁명적'인 변화의 시기에 들어선 분야는 미술이다. 우리는 일본 제국주의의 지배를 받던 시대는 물론이고 6·25 이후, 그리고 1960년대와 1970년대를 지나는 동안에 수많은 미술작품을 보았으나, 엄밀하게 말하면 그 허다한 그림들은 하나의 범주로 묶여질 수 있는 획일적인 것이었다. 이 말은 자유분방한 예술창작행위인 미술을 지나치게 단순화한다는 반박에 부닥칠는지도 모른다. 필자는 다른 뜻에서 그 많은 그림들이 획일적이었다고 말하는 것이 아니라 그것들이 인간의 살아 움직이는 모습, 또는 민중의 삶과는 거리가 먼 세계를 표현의 대상으로 하고 있었다는 특징 때문에 그렇게 말하는 것이다.

일찍이 '선전鮮展'이라는 이름의 국가전시회에서 총독상을 받거나 우수하다고 '판정'을 받은 미술가들은 화단에서 확고한 지위를 차지하고 식민지의 미술계를 좌우했다. 그들 가운데 어떤 자는 관동군에 '헌납'되는 비행기를 그림으로써 총독의 격려금을 받기도 했다. 그리고 그들은 일제가 원하는 미술이 무엇인가를 누구보다도 잘 알고 있었다. 조선인의 건강한 삶, 저항, 독립투쟁 같은 것을 소재로 할 경우에 식민지 지배자들의 총애를 잃게 됨은 말할 것도 없고 '불령

* 김종철은 1944년 충남 연기에서 태어났다. 서울대 국문과를 나왔으며, 『동아일보』에서 기자생활을 하기도 했다. 민중문화운동협의회 대표위원을 지낸 그는 『한국문학의 현단계』(창작과비평사, 1982)에 평론 「작가의 진실성과 문학적 감동—이문구론」을 발표하면서 평론활동을 시작했다.

선인'으로 낙인 찍혀 투옥될 수도 있다는 위험 때문에, 그리고 무엇보다도 미술가 자신의 안락한 생활을 보장받기 위해 그들은 일제가 시비할 여지가 없는 산수화나 정물화, 또는 정물이나 다름없는 인물화를 상투적으로 그렸던 것이다. 이른바 '해방'이 온 뒤에도 짧은 시기를 제외하고는 이런 미술이 화단을 지배했다.

사상 유례없는 동족상잔의 전쟁이 한반도에 회복 불능의 상처를 남긴 뒤에 이 '선전' 출신의 제도미술가들에 반기를 들고 한 무리의 젊은이들이 기세좋게 떨쳐 일어나 새로운 미술을 모방하고 나섰으나 그들 역시 자주적인 민족미술에서 크게 벗어나서 서양미술을 맹목적으로 모방하고 추종했다는 면에서는 '선전파'와 같이 제도미술가라고 비판당할 수밖에 없었다.

물론 이중섭처럼 보통사람들의 평범한 모습을 화폭에 담고 박수근처럼 농민의 삶이나 농촌 풍경 같은 민중적 소재에 애정을 쏟은 화가들이 없던 것은 아니었다. 그러나 우리의 현대미술사를 보면 이 두 사람 말고는 민중적 미술가라고 부를 만한 화가가 거의 없다. 그들은 비록 사후에나마 정당한 평가를 받아 그림값이 천문학적 숫자로 치솟음으로써 한국미술의 '명예의 전당'에 들어갔지만, 1980년대 미술의 민중성에 비하면 민중미술의 단초를 보인 선구자들이라고 평가해야 옳을 것이다.

1980년대의 미술이 '혁명적' 변화를 나타내고 있는 현상은 특히 소재의 측면에서 두드러진다. '현실과 발언', '임술년', '두렁' 그리고 근자에 창립된 민족미술협의회 회원들의 작품을 보면 이민족과 동족의 압제, 착취, 민중의 고난, 생산의 주체인 농민과 노동자의 삶에 나타나는 빛과 그림자, 분단의 아픔, 비인간적인 산업화와 공해에 멍드는 조국과 민족의 현실, 그리고 나라의 민주화와 민족의 통일을 염원하는 사람들의 싸움과 어울림 등이 주류를 이루고 있다.

불과 6, 7년 전만 해도 이런 소재가 미술계에서 금기로 되어 있거나 불온시당하던 사실과 비교해 보면 이것은 분명히 혁명적인 변화이다.

미술에 견주어 보면 문학은 1980년대에 접어들어 혁명적인 변화를 보였다고 말하기는 어렵다. 한국의 문학은 이미 1960년의 4월혁명 직후에 민족문학의 시대로 진입하는 움직임을 드러냈고 1970년대에는 제3세계의 전반적 수준에 비추어볼 때 조금도 뒤떨어지지 않는 문학작품들이 양산되었다. 여러 미술평론가가 지적했듯이 한국의 민족문학, 그리고 민족문학의 중요한 하위범주인 민중문학은 다른 예술장르에 비해 탁월한 선진성을 과시하고 있었다. 어떤 의미에서는 문학이 연극, 탈춤, 굿, 노래, 미술에 강력한 영향을 미쳤다고 볼 수 있다.

1980년대 초의 민족사적 대사건인 광주민중항쟁을 겪고 난 뒤에 민중예술 전반에 있어서 문학은 다른 장르들의 민중지향성이 강화되는 추세 때문에 오랫동안 누리던 선도성을 얼마쯤 잃고 그 이전의 시기에 비해 상대적으로 대등한 지위를 차지하게 되었다. 그렇다고 해서 민중문학이 종전의 활력을 상실했다거나 침체기에 들어갔다는 말은 아니다.

필자도 여기저기에서 밝힌 바 있지만 그 참혹한 광주항쟁 이후 예술의 모든 부문이 침묵하고 있을 때 조심스럽게나마 광주의 죽음과 수난, 5월의 부활을 노래한 사람들은 시인들이었다. 이 책에 수록되어 있는 시편들의 생산자인 '5월시' 동인들은 바로 그 역사적 작업의 대열에 적극적으로 참여한 젊은 시인들로서 이들의 창작행위는 민중문학사에서 응분의 평가를 받아야 함은 물론이고, 공포와 침체의 국면을 돌파하도록 많은 사람들에게 용기와 희망을 주었다는 점에서 민중운동사에서도 한 장을 차지하게 될 것이다. 이들 중에는 그 뒤에 동인으로 참여한 사람들도 있지만, 모두가 '5월'을 문학적

상상력의 발원지로 삼고 있다는 특성 때문에 이들은 그 어떤 동인집단보다도 강한 동질성을 띠고 있다.

이 책에 그림을 선보이고 있는 박진화, 정진석, 이상호, 김봉준, 홍선웅, 이준석, 김경주, 이철수, 홍성담, 류연복, 전정호는 대부분이 1980년대에 등장한 젊은 화가들이다. 이들 가운데 몇 사람은 지난해에 문화계는 물론이고 온 국민의 눈길을 끌었던 「힘전」에 출품했던 작가들이다. 그 전시회는 민중미술에 무지한 권력의 야만적인 탄압 때문에 유명해지고 전시회를 주동한 화가 6명은 국가보안법 위반 혐의자로까지 몰려 모진 고초를 겪었지만, 그 전시회가 한국의 민중미술사에 기록될 만한 가치를 지닌 것은 반드시 탄압 때문만은 아니다.

그들이 묘사한 민족의 참담한 현실과 고난에 찬 민중의 삶, 그러나 그 속에서도 민중해방과 통일의 그날을 위해 싸우는 사람들의 모습은 보는 이들에게 분노와 투지와 희망을 일깨워 주었다. 일찍이 우리의 미술전시회에 이렇게 명확하고 전투적인 메시지를 담은 작품들이 집단적으로 등장한 적은 거의 없었다고 보아야 옳을 것이다.

이 책에서는 민중문학에 신선한 바람을 불어넣고 있는 '5월시' 동인들과 민중미술의 중심부를 이루고 있는 20~30대의 젊은 화가들이 시와 그림으로 만나고 있다. 이것은 처음으로 이루어지는 시도는 아니다. 그러나 이 책은 지난 여러 해 동안 창작에 열중해 오던 젊은 시인들과 화가들이 정성스럽게 쓰고 그린 작품을 함께 선보이고 있다는 점에서 한국 민중문학, 특히 시의 경향과 수준, 그리고 민중미술의 흐름을 포괄적으로 제시하는 뜻깊은 작업이다.

최근에는 비단 시와 그림뿐 아니라 시와 춤, 노래와 연극, 굿과 노래와 시, 그림과 풍물과 놀이 등이 어우러지는 것이 민중문화의 대세를 이루고 있다. 그리고 종전에는 주로 눈으로 읽히기만 하던 시가 대중 앞에서 낭송되는가 하면 노래로 불려지고 판소리나 민요의 가락을 타고 연행되고 있다. 어떤 평론가는 이 현상을 장르의 확산이라고 불렀지만 필자는 장르의 융합이라고 말하겠다. 낭송자의 음성을 타는 시는 활자의 답답한 울타리를 벗어나서 고저장단과 리듬의 세계로 해방되며 노래화된 시는 시집 속의 시보다 생동감 넘치고 대중 속으로 보다 널리 전파될 수 있는 힘을 갖게 된다. 마당극 공연장의 여기저기에 걸려 있는 그림은 공연의 흥취를 한껏 돋우고 때로는 비장한 분위기를 자아낸다. 이 장르의 화합과 융합은 각개 장르의 독자성을 감소시키기보다는 오히려 각자의 한계를 보완하고 극복하는 기능을 한다.

우리가 이 책을 보면서 절감하게 되는 또 하나의 사실은 1980년대에 들어 활발하게 전개되고 있는 문화유통구조의 민주화 작업이다. 통상적으로 미술작품이나 시를 감상하는 행위는 지식계급이나 유한계급의 독점에 속하는 것이었다. 더욱이 그림을 소장하는 것은 특권층이나 예술 '애호가들'의 고상한 도락이거나 복부인들의 투기사업이지 민중이 누릴 수 있는 문화적 혜택은 아니라고 여겨져 왔다. 이런 왜곡된 미술관 때문에 일부 화가들의 그림은 호당 1백만 원을 넘어, 1백 호짜리 그림 한 장에 웬만한 집 한 채 값과 맞먹는 기현상이 벌어졌다. 그 화가들의 작업이 과연 이 독점적 부를 차지할 정도로 가치있는지에 대해서 건전한 이성과 예술적 안목을 가진 사람이라면 단호하게 부정적인 대답을 할 것이다. 좀 가혹하게 말하자면 민중과의 살아 있는 관계 속에서 볼 때 그런 '명작들'은 한낱 사치품에 불과하며, 농부가 땀흘려 지은 쌀 몇 가마니 값이나 노동자가 애써 만든 옷 몇 벌 값을 넘어서서는 안 될 것이다. 물론 화가의 천재성이나 예술적 수련에 '투자'된 노력을 들어 화가의 창작과 육체노동의 차이를 구분하는 것이 통용되는 논리이지만 대다수 민중의 삶이나 행복과는 동떨어진 예술작품이 파격적인 대접을 받는다는 것은 민주적인 현상은 아니다. 이것은 문학작품이나 다른 예술 분야에 있어서도 마찬가지로 적용될 수 있는 논리이다.

최근에 많은 그림들이 호화로운 전시장의 벽을 벗어나서 일반서민들도 '구경'할 수 있는 공간을 찾아 움직이고 상품적 가치보다는 민중의 인간다운 삶의 구현에 기여하는 데서 보람을 찾으려고 드는 것은 매우 바람직한 일이다. 특히 판화라는 양식은 복사를 통해 한 장의 그림을 수많은 사람이 감상할 수 있고 제작비도 저렴하며 운반이 간편하므로 미술작품 유통구조의 민주화에 있어서 대단히 중요한 몫을 감당하고 있다. '5월시'의 젊은 시인들이 문명文名에 연연하지 않고 좋은 시를 쓴다면, 그리고 그것이 이런 민중미술작품과 어우러져 많은 수요자들에게 저렴한 값으로 보급되면 독점의 문화는 참으로 민주적인 문화로 발전해 갈 것이다.

마지막으로 필자는 이 책에 수록되어 있는 시들과 그림들이 안고 있는 몇 가지의 문제를 지적하지 않을 수 없다. 앞에서도 말했듯이 이 시인들과 화가들은 우리의 민중문학과 민중미술에서 선진적인 활동을 전개하고 있으며 창작의 성과 또한 괄목할 만하다. 그런데 이들의 작품이 하나같이 민중예술의 높은 경지에 이르러 있는 것은 아니다. 흔히 민중문학을 적대시하는 논자들이 상투적으로 지적하는 바이지만 이 책의 시들과 그림 가운데 일부가 지나치게 소재에 의존하고 있다는 인상을 떨쳐버리기가 어렵다. 진정한 민중예술적 가치를 갖는 작품은 소재를 기법이 뒷받침하지 않으면 안 된다. 시들 가운데 말을 다루는 솜씨가 뛰어나거나 형상화의 능력이 우수함을 드러내는 작품들이 민중적 서정과 아울러 드높은 감동을 주는 데 비해 그렇지 못한 작품들은 상투성 안에서 헤매고 있다는 것은 내용과 형식의 조화야말로 예술 창작의 공공연한 비결이라는 진리를 다시 한 번 일깨워 준다. 이것은 그림에 있어서도 마찬가지이다. 아무리 민중적인 소재를 택한 그림이라 하더라도 데생이나 채색, 그리고 구도가 그 소재를 미학적으로 구축하지 못할 때 그 작품은 메시지만을 전하는 전단으로 전락할 가능성이 큰 것이다.

필자는 여기에서 근래 문학계와 연행예술계에서 논점이 되어 있는 운동성과 예술성의 문제를 간단히 생각해 볼 필요를 느낀다. 이 책에 나오는 시들과 그림들 가운데 일부가 드러내고 있듯이 내용과 형식이 조화를 이루고 있는 작품들은 그 자체가 고도의 예술성과 운동성을 동시에 지니고 있다. 거듭 말하지만 예술성과 운동성은 민중적 삶을 추구하는 예술가가 피나는 수련을 통해 그 삶을 형상화할 때 합일을 이루는 것이다. 그런데 민중적 삶을 추구한다는 것은 민중의 생활을 방관자적으로 바라보는 것이 아니라 그 속으로 투신함을 의미한다. 물론 민중예술을 지향하는 모든 작가가 민중적 삶을 실천할 수 있는 것은 아니지만, 단순한 관찰자가 민중의 삶의 진실을 바로 알 수 없기 때문에 이 과제는 부단히 추구되어야 할 것이다. 이런 의미에서 이 책에 등장하는 시인들과 화가들 가운데 다수가 조직적인 운동을 통해 민중과 연대하거나 민중의 삶을 향해 접근하고 있다는 사실은 그들이 예술성과 운동성의 조화를 실현할 수 있으리라는 기대를 우리에게 안겨 준다.

최두석

1956년 전남 담양에서 태어났다. 중·고등학교는 광주에서 다녔고, 서울대 국어교육학과를 거쳐 국어국문학과 대학원을 졸업했다.

1980년 『심상』을 통해 등단했고, 시집으로 『대꽃』, 『임진강』, 『성에꽃』, 『사람들 사이에 꽃이 필 때』, 『꽃에게 길을 묻는다』, 『투구꽃』, 『숨살이꽃』 등을, 평론집으로 『리얼리즘의 시정신』과 『시와 리얼리즘』을 간행했다. 오장환문학상을 수상했다.

강릉대 국문과 교수를 거쳐 현재 한신대 문예창작학과에서 교수로 일하고 있다.

이영진

1956년 전남 장성에서 태어났다. 1976년 『한국문학』에 「법성포」 등으로 한국문학 신인상을 수상(1976)하며 등단했다.

1981년 동인 결성에 주도적 역할을 하여 '5월시' 동인시집을 발간했다. 도서출판 청사, 인동출판사 등을 거쳐 1986년 자유실천문인협의회 사무국장을 역임했고, 『전남매일신문』 사장, 광주아시아문화전당 기획단장 등으로 일했다. 이후 아프리카의 남아프리카공화국과 나미비아, 미얀마 등에서 오지탐사를 하면서 사진 촬영에 몰두하고 있다.

시집으로 『6·25와 참외씨』, 『숲은 어린 짐승들을 기른다』, 『아파트 사이로 수평선을 본다』 등이 있다.

윤재철

1953년 충남 논산에서 태어나 초중고 시절을 대전에서 보냈다. 서울대 국어교육과를 졸업하고 1981년 '5월시' 동인으로 작품 활동을 시작했다.

시집으로 『아메리카 들소』, 『그래 우리가 만난다면』, 『생은 아름다울지라도』, 『세상에 새로 온 꽃』, 『능소화』, 『거꾸로 가자』, 『썩은 시』 등과 산문집으로 『오래된 집』, 『우리말 땅이름 1·2』 등이 있다. 신동엽문학상과 오장환문학상을 받았다.

1985년 『민중교육』지 사건으로 구속 해직된 후 1999년 복직되어 다시 교직생활을 하다가 정년퇴임하여 현재는 자가 격리되어 집필활동에 전념하고 있다.

박주관

1953년 전남 광주에서 태어나 광주일고와 동국대 국문과를 졸업했다. 1973년

「풀과 별」로 등단했다. 상명여고 교사로 재직 중 '5월시' 초대 동인으로 참가했다. 문예진흥원을 거쳐 『무등일보』, 『호남신문』, 『광남일보』 기자를 지냈다. 시집으로 『남광주』, 『몇 사람이 없어도』, 『사랑을 찾기 위하여』, 『적벽은 아름답다』 등을 펴냈다.

2001년 천상병문학상 등을 수상하였다. 2012년 지병으로 광주에서 사망하였다.

박몽구

1956년 전남 광주에서 태어났다. 전남대 영문과를 졸업하고, 한양대 대학원 국문과를 졸업했다. 1977년 월간 『대화』로 등단하여, 5·18 광주민중항쟁을 주제로 한 시집 『십자가의 꿈』을 비롯, 『칼국수 이어폰』, 『황학동 키드의 환생』 등의 시집을 상재했다. 한국크리스찬문학상 대상을 수상했다.

1978년 민주교육지표 사건 관련 1년여의 수배와 투옥 끝에 1980년 당시 시국 관련 학생 조직인 전남대 복학생협의회 회장을 지냈다.

5·18 당시 전남대생 200여 명과 함께 전남대 앞에서 계엄군과 대치 중 시민들과 합세하기 위해 금남로로 진출하여 전투경찰 및 계엄군과 맞서 싸웠다. 이것이 5·18의 발단이 된 것으로 평가받고 있다. 5·18 기간 중 범시민궐기대회를 주도한 혐의 등으로 내란죄로 수배 투옥된 바 있다. 5월구속부상자회 회원이다.

5·18 이후 서울로 상경하여 자유실천문인협의회 청년위원장 등을 지냈다. 월간 『샘터』 편집장을 역임하고, 현재 계간 『시와문화』 주간, 순천향대 객원교수로 있다.

나해철

1956년 전남 나주에서 태어났다. 유아 때부터 10세까지 영산강의 둑 바로 밑에서 살았다. 상여가 나가고, 굿판이 열리고, 마당에서 혼례를 올리고, 큰집에 사람들이 모여 제사를 지내는 동안, 바라보는 흥겨움과 신비와 슬픔이 있었다.

1972년 광주일고에 입학하여, 후에 '5월시' 동인이 되는 곽재구, 박몽구, 최두석을 동기동창으로 만나고, 나종영과 박주관에 이끌려 문학 서클 '용광'에 가입했다. 대학에서는 곽재구가 곁에서 시를 잃지 않게 해 주었다. 1976년 대구 영남대에서 주최하는 천마문학상 시 부문에 당선되었다. 1982년 『동아일보』 신춘문예에 당선되고, '5월시' 동인에 합류했다.

시집으로 『무등에 올라』, 『그대를 부르는 순간만 꽃이 되는』, 『긴 사랑』, 『꽃길 삼만리』 등을 펴냈다. 2016년 세월호 참사 때 304편의 하루 한 편의 시를 써 페이스북에 발표했고, 『영원한 죄 영원한 슬픔』이라는 제목의 시집으로 엮어 냈다.

한국작가회의, 민족문학연구회 소속이다.

나종영

1954년 전남 광주에서 태어났다. 교편을 잡은 아버지를 따라 함평, 장성, 강진 등으로 초등학교를 이곳저곳 옮겨 다녔다. 어린 시절 학교를 여러 곳 옮겨 다닌 탓에 여러 고을의 자연과 지리, 풍습을 체험했고, 이것이 후에 문학을 하는 데 좋은 자양분으로 작용했다. 수많은 시인, 소설가를 배출한 광주고등학교 문예반에서 활동했고, 부모님의 권유로 전남대 경제학과를 입학하고 졸업했다.
1981년 창작과비평사 13인 신작시집 『우리들의 그리움은』으로 등단했으며, 시집으로 『끝끝내 너는』, 『나는 상처를 사랑했네』 등이 있다.
1980년대 초 광주민중문화연구회와 도서출판 광주의 창립에 주도적으로 관여했고, 광주·전남작가회의, 순천작가회의의 출범을 이끌었다. 또한 2005년 9월 광주·전남 지역 최초의 종합문예지 『문학들』을 지역 문인들과 함께 창간하고 지금까지 통권 60호를 발행했다. 현재는 한국문화예술위원회 위원, 조태일시인기념사업회 부이사장으로 있다.

김진경

1953년 충남 당진에서 태어났다. 휴전이 되기 3개월 전에 태어나 전쟁의 흔적 속에서 어린 시절을 보냈다. 첫 시집 『갈문리의 아이들』은 이러한 어린 시절의 풍경과 사람들은 계속 살아가기 위해서 이 참혹하고 낯선 상처들을 어떻게 친숙하게 녹여 낼까 하는 물음이 담겨 있다.
1974년 한국문학신인상으로 등단했다. 자족적인 시 쓰기를 수년간 하던 중 1980년 5월 광주항쟁이라는 피 흘리고 있는 상처를 만나 '5월시' 동인으로 활동하고, 이후엔 교육운동에 참여하게 되었다. 이후 본업이라고 생각하는 글쓰기와 교육운동 관련 활동 사이에서 갈등하며 지냈다. 그동안 교육에세이집 『스스로를 비둘기라고 믿는 까치에게』를 내기도 했고, 동화 『고양이 학교』로 프랑스 아동청소년문학상 앵꼬륍띠블상을 받았다.

곽재구

1954년 전남 광주에서 태어났다. 전남대 국문과를 졸업하고, 숭실대 대학원에서 한국현대문학을 전공했으며, 현재 순천대 문예창작과 교수로 재직하고 있다.
1981년 『중앙일보』 신춘문예에 시 「사평역에서」가 당선되어 문단에 등단했으며, 이후 '5월시' 동인으로 활동했다.
시집으로 『사평역에서』, 『전장포 아리랑』, 『한국의 연인들』, 『서울 세노야』, 『참 맑은 물살』, 『꽃보다 먼저 마음을 주었네』, 『와온 바다』, 『푸른 용과 강과 착한 물고기들의 노래』 등을 간행했으며, 시선집 『우리가 별과 별 사이를 여행할 때』 등이 있다. 신동엽창작기금(1992), 동서문학상(1996), 대한민국문화예술상(문학, 2018)을 받았다.

고광헌

1955년 전북 정읍에서 태어났다. 1969년 교육부가 주관한 스포츠 장학생으로 선발돼 서울 홍익사대부고 입학과 함께 농구선수 생활을 시작했다. 경희대에 특별장학생으로 입학한 뒤 결핵을 앓아 3학년 때 선수를 그만뒀다. 장학금이 끊기고 진로가 막힌 상황에서 당시 국문과에 재직 중이던 황순원 교수를 찾아가 간신히 문장론을 수강하게 되면서 문학과 만나게 됐다.
1984년 시 무크지 『시인詩人』과 『광주일보』 신춘문예에 「흔들리는 창밖의 연가」 등이 뽑혀 문단에 나왔다. 이듬해인 1985년 '5월시' 동인시집 『5월』에 「신중산층교실에서」 등을 발표하면서 동인에 합류했다. 같은 해에 김진경, 윤재철 동인과 함께 교육평론집 『민중교육』 편집에 참여해 선일여고에서 파면된 뒤 학교로 돌아가지 못했다. 선일여고 시절은 가장 창조적이고 상상력 넘치는 순간들이 함께한 시간이었다.
1988년 『한겨레』의 창간기자로 입사해 여러 보직을 거쳐 2011년 대표이사를 끝으로 퇴직했다. 한국인권재단 이사장과 한림대 초빙교수 등을 거쳐 지금은 『서울신문』 사장으로 근무하고 있다.
시집으로 『신중산층교실에서』, 『시간은 무겁다』가 있으며, 평론집 『스포츠와 정치』 등을 펴냈다.

판화

홍선웅

전남 진도 출생. 민미협 사무국장과 『민미협 20년사』 편찬위원장, 민예총 대변인, 국립현대미술관 운영심의위원을 역임하였다.
대표 작품으로는 「삼일운동백주년기념」(2019), 「제주4·3진혼가」(2018), 「시암리초소」(2018) 등이 있다. 제주 이아갤러리 초대로 「정신과 새김전」(2019)을 가진 바 있으며 울산국제목판화비엔날레(2019), 창원조각비엔날레(2018), 한국 현대판화 1958~2008(국립현대미술관) 등에 출품하였다.
판화작품 다수가 국립현대미술관, 서울시립미술관, 전북도립미술관, 광주시립미술관 등에 소장되어 있다.

김경주

1956년 전남 강진 출생. 호남대, 조선대 대학원 졸업. 1983년 '5월시' 동인들과 함께 한 「5월시 판화전」을 시작으로 목판화, 드로잉, 유화, 수묵화, 사진 등으로 12회의 개인전을 가졌다. 「힘전」(1985), 「우리시대 30대 기수」(1986), 「광주 목판화 3인 초대전」(1988), 「우리시대의 표정전」(1991), 「불법압류 판화전」(1991), 「동학 100주년 기념전」(1994) 등 100여 회의 국내외 기획전과 초대전에서 작품을 발표했다.
현재 동신대학교 사회문화대학 공연전시기획학과에 재직 중이다.

김봉준

홍익대 미술대 졸업. 1980년대 민주화운동을 하다가 옥고를 치르기도 했다. 1982년 미술동인 '두렁'을 창단하면서 걸개그림운동, 판화운동을 펼쳤다. 기독교 농민회 문화간사, 애오개문화마당 운영위원, 민중문화운동협의회 기획국장 등을 거치며 1980년대 민주화운동에 헌신했다. 회화, 조각, 판화, 서예 등을 두루 하며, 서로 융합하기도 하는 새로운 시서화를 한다. 2008년에는 원주 문막에 한국 최초로 신화를 테마로 하는 신화미술관을 건립했다.
저서로는 『붓으로 그린 산그리메 물소리』(1997), 『숲에서 찾은 오래된 미래』(2001), 『신화순례』(2012)가 있다.

박진화

1957년 전남 장흥 출생. 1981년 홍익대를 졸업했다. 1984년 서울미술공동체 회원으로 작품 활동을 시작했으며, 지금까지 민중미술화가로 활동하고 있다.
1991년 강화도로 거처를 옮긴 후 분단 한국의 현실인 휴전선을 지척에 둔 화실에서 작업해 왔다. 2009년 강화도에 박진화미술관을 개관했으며, 2013년부터 2015년까지 민족미술인협회 회장을 역임했다. 현재는 북서쪽 경계의 섬 강화군 볼음도에서 그림을 지속하고 있다.
1989년 한강미술관에서의 첫 개인전 이후 총 25회의 개인전을 열었고, 대표작으로「철책에 걸린 도깨비」,「동쪽하늘」,「개화」,「사월」 등이 있다.

이철수

1954년 서울 출생. 1981년 관훈미술관에서 첫 개인전을 연 이후, 판화를 통한 사회변혁운동에 힘쓰다가 1988년 무렵 자기 성찰과 생명의 본질에 대한 관심으로 판화 영역을 확대하면서, 평범한 삶과 일상사를 관조하는 자기 수행의 과정으로 판화를 새기고 있다. 1980년대 민중 판화가로 널리 알려졌으며, 생명평화운동에 관심을 가지고 있다.
제천시 백운면 평동리에서 아내와 함께 살면서 농사를 지으면서 작품 활동을 이어가고 있으며, 시와 글씨와 그림이 한 화면에서 잘 어울리는 형식을 통해 전통적 회화를 현대적 판화로 되살렸다는 평가를 받고 있다.
판화집으로『작은 선물』(2004),『노래』(2005),『나무에 새긴 마음』(2011) 등이 있고, 판화산문집으로『자고 깨어나면 늘 아침: 이철수의 나뭇잎 편지』(2006),『당신이 있어 고맙습니다』(2009) 등이 있다.

홍성담

조선대 미술과를 졸업하고 국내외에서 다수의 개인전과 단체전에 참여했다. 광주비엔날레 제1회, 제3회의 한국작가로 선정되었다. 주요 작품으로는「새벽」,「나무물고기」,「야스쿠니의 미망」,「사진과 사의」,「유신의 초상」,「들숨 날숨」 등이 있다.
국제 엠네스티가 1990년 '세계의 3대 양심수'로, 뉴욕의 국제정치외교전문지『포린 폴리시Foreign Policy』가 '2014년 세계를 뒤흔든 100인의 사상가 thinker'에 선정했다.

저서로는 『5월에서 통일로』(1990), 『해방의 칼꽃』(1991), 그림소설 『바리』(2013), 『동아시아의 야스쿠니즘』(2016), 소설 『난장』(2017), 에세이 화집 『불편한 진실에 맞서 길 위에 서다』(2017), 그림동화 『운동화 비행기』(2017), 『세월오월』(2017) 등이 있다.

정진석

1955년 서울 출생. 중앙대 회화과를 나왔으며, 1980년대 초 「다무그룹전」, 「대성리 바깥미술전」, 「삶의 미술전」, 「의식의 정직성 그 소리전」 등에 참여하였다. 미술교사 시절 홍선웅, 박상대와 함께 제작한 「교육 민주화는 우리 손으로」 등의 걸개그림은 현장에 나부낌으로써 대중정치집회의 분위기를 북돋워 주기도 하였다. 1980년부터 2017년까지 미술교사로 교편생활을 했다.

류연복

1958년 경기도 가평 출생. 홍익대 회화과를 졸업하고 서울미술공동체를 결성해 벽화팀 '십장생'에서 활동했다. 이후 벽화와 판화 작업을 겸하면서 민족미술협의회 사무국장, 민족예술인총연합 대외협력국장 등을 역임했다. 현재 경기도 안성에서 목판화 작업에 주력하고 있다.
「새싹 틔우기」(1993), 「스스로 그렇게」(1995) 등 여러 개인전과 「류연복의 생명전」(2000), 「류연복의 온몸이 길이다」(2019)를 열었다.
판화집으로 『갈아엎는 땅』(1991), 『먹감나무 한 그루』(2001), 『둥글어진다는 것은 낮아짐입니다』(2004) 등이 있다.

이상호

1960년 광주 출생. 1989년 조선대 미술대학 회화과를 졸업했으며, 대학 재학 중 7명의 화우들과 조선대 미술패 '땅끝'을 함께 조직했다. 전정호와 공동으로 제작한 「백두의 산자락 아래 밝아오는 통일의 새날이여」가 1987년 광주 YWCA에 내걸리면서 국가보안법 위반으로 구속되었고, 그때의 고문 후유증으로 지금도 치료받고 있다.
전시 「풍자와 해학전」(1986), 「반고문전」(1987), 「민족해방 운동사 걸개그림전」(1989), 「민중미술 15년전」(1994), 「광주민중항쟁 30주년 기념전」(2010), 「응답하라 1987」(2017) 등 다수의 단체전에 참여했다. 2015년 첫 개인전 「역사의 길목에 서서」(2015)를 열었고, 지금은 역사 주제의 「감로탱」 작업을 진행하고 있다.
현재 민족미술인협회, 민족예술인총연합 회원이다.

이준석

1958년 광주 출생. 1983년 군 전역 후 망월묘역의 느낌을 형상화한 판화 작품 「묘지 가는 길」을 제작하면서 본격적인 민중미술 작가의 길로 들어섰다. 살아남은 자의 부채의식을 가지고 지금까지 민중미술이라 불리는 그림들을 그려오고 있다. 1984년부터 2002년까지 '민중문화연구회 미술분과', '광주목판화연구회', '광주전남미술인공동체'로 이어지는 미술운동 조직 활동을 해 왔다.
참여한 전시로는 「힘」(1985), 「광주목판화 3인 초대전」(1988), 「5월전」(1989), 「해방 50주년 기념전」(1995), 「새로운 천년 앞에서」(1998) 등이 있다.
1999년 '광주미술상'을 수상하였으며, 광주미술인 공동체 회장, 사무국장을 역임하였고, 제1회 통일미술제 집행위원장, 제2회 통일미술제 집행위원이었다.

전정호

1960년 전남 신안 출생. 1989년 조선대 미술대학 및 동대학원을 졸업했다.
1980년에 조선대 미술패 '땅끝'을 창립했다. 광주민중문화운동협의회 미술분과 '일과놀이', 광주시각매체연구회, 민족미술협의회, 민족민중미술운동연합에서 활동하던 중 「백두의 산자락 아래 밝아오는 통일의 새날이여」 걸개그림으로 인한 국가보안법 구속 이후에도 현장미술운동에 전력해 왔다.
2017년 6월 항쟁 30주년 기념전 「응답하라 1987」, 2019년에 「여·순항쟁평화미술전」과 「영광, 월성을 다시 생명의 땅으로」 탈핵전, 「판화보따리」, 그리고 2020년에는 「5·18 40주년 기념 포스터전」, 「5·18 40주년 기념 판화·시화전」 등 다수의 개인전 및 단체전을 열었다.
현재 「동아시아 인권과 평화를 위한 미술관」 프로젝트와 전시 「생명평화미술행동」에 참여하고 있으며, 아시아목판화연구소장을 맡고 있다.

나해철

노동과 자잘한 축제가 번갈아 열리고, 농악과 당골네 굿판이 자주 펼쳐진 영산강가에서 자라난 나에게 시는 노동이고, 농악이고, 축제이고 또한 굿판이다. 마주하는 생명과 일치되고자 온 정성을 다하는 노동이고, 그 일치의 순간 터져 나오는 농악이고, 기쁨의 축제이다. 그리고 시는 바라보는 대상과 일치를 이룰 때 이뤄지는, 시간과 공간의 분별이 없어지며 피어나는 한순간의 노래이고 바로 당골네의 공수와 같은 신성한 것이다. 그리고 또한 가난한 강마을의 촌아이가 살아 낸 세계의 자연과 서정, 사람살이가 뼈와 살과 피가 되어 함께 노래로 존재하게 되는 것은 피할 수 없는 일이다.

그러나 1980년 광주에서 광주민중항쟁을 겪은 후, 시를 쓰는 사람으로서, 자기 발언을 할 수 있는 공공의 지면을 가진 사람으로서 뼈아픈 책임과 의무를 느끼지 않을 수 없게 되었다. '5월시' 동인으로서 지속적으로 계속 동인지를 내는 문학적 행동을 해야 한다고 동인들과 함께 노력했던 시간들이 지금도 귀한 시간으로 삶에 남아 있다. 현장에서 살아남은 자의 부끄러움과 부채감이 시를 쓰게도 하였고, 한동안 시를 쓰지 못하게도 하였다. 민중과 민족과 역사를 도외시해서는 결코 안 되는 시인의 숙명을 지금까지도 껴안고 있어서, 당연히 인간사에는 잘 적응하지 못하는 서정 시인으로, 떠돌이와 같은 삶을 살고 있다고 스스로를 생각한다. 그때 광주에서 비겁하게 살아난 것에 대한 것이 40년이 넘은 지금까지도 생생하게 삶을 지배하고 있다고 감히 말할 수 있다.

2016년 세월호 참사 때 문학인의 행동으로 하루 한 편의 시를 304편까지 써서 페이스북에 발표하였다. 그 후에도 정권의 폭정이 계속되어 페이스북의 그 시들을 다듬어 『영원한 죄 영원한 슬픔』이라는 제하에 304편의 세월호 연작시가 실린 시집을 발간하는 문학적 싸움을 하였다. 이 일에는 1980년 광주민중항쟁 때 다하지 못한 문학 행동을 부끄러움 덜하게 끝까지 해야 한다는 스스로의 결심이 있었다. 오늘 현재까지도 이 일을 페이스북에서 계속하고 있으며 이 작업이 현재는 삶을 지탱하는 중요한 힘이 되고 있다.

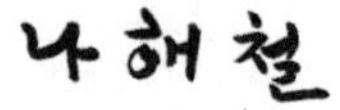

박몽구

올해로 광주민중항쟁 40주년을 맞이한다. 얼마 전 그 역사의 현장을 돌아볼 기회가 있었다. 속속 새 건물들이 올라서고, 낡은 역사가 헐리고 KTX 역사가 들어서는 등 세상은 크게 달라졌다. 하지만 그날 못지않게 민초들에게 가해진 삶의 매듭은 가혹해지는 등 사람살이는 더욱 힘들어지고 있다. 겉으로만 달라졌을 뿐 더욱 어려워지고 있는 민중 생존의 현실을 돌아보면서, 배운 자 가진 자들이 더욱 자기를 덜어내고 낮아져야 할 것 같다. 겉으로만 화려한 속도를 늦추고 이웃들과 함께 가야 할 것 같다. 그 같은 소박한 생각을 시로 담아 보았다.

윤재철

시는 갈수록 외롭지만 시를 추억하는 일은 마음이 푸근하다. 첫사랑 여인을 추억하듯 아련해진다. 그러나 실패한 사랑의 일처럼 후회 또한 머리를 들어 시를 추억하는 일이 끝까지 편안하지만은 않다. 더구나 지금의 나는 어디로 가고 있는가, 지금의 나를 밀고 가는 것은 무엇인가에 생각이 미치면 꿈처럼 아련했던 마음은 찰흙으로 닫힌 문 앞에 선 듯 답답하고 우울해진다.

나는 능소화를 너무 늦게 만났다. 나이 오십이 다 되어서 만났으니 어린 시절 청년시절의 능소화를 나는 잃어버린 것이다. 해직 생활의 끝 무렵, 고창군 백수읍 길룡리 소태산이 대각했다던 영산성지, 한편 가겟방에 대병소주 사러 들락거리다가 난생 처음으로 능소화를 만났다. 동백꽃은 벌써 다 지고 바야흐로 여름으로 들어서는 길목, 눈부시게 쏟아지는 햇빛 속에 낡은 블록 담장을 가득 덮은 초록잎 사이로 무수히 얼굴을 내민 주황빛 꽃들. 그때 마주친 능소화는 너무 강렬했다. 외로운 객지 생활에 감당할 수 없을 정도로 농염했다.

얼마 전 내 친구 최병우 교수가 메시지를 보내 왔다. 가끔 술자리를 약속하고 안부나 묻던 메시지에 대고, "네 시집은 모두 가지고 있는데 네 번째 시집 『세상에 새로 온 꽃』만 없어 교보문고에서 구했다"면서 "이 시집까지는 능소화 이미지가 안 나오는 걸 신기해 하며 읽는다"고 쓴 것이다. 다섯 번째 시집 『능소화』를 염두에 둔 얘기일 텐데 소설을 전공한 녀석의 시적 안목에 새삼 놀랐다. 네 번째 시집까지는 능소화가 등장하지 않는다는 사실을 알아차린 것이다.

능소화에 대한 나의 늦깎이 사랑은 강렬한 바 있었다. 그러나 늦깎이 사랑이어서 그랬던지 꽃을 보는 마음은 많이 달라졌다. 그 왕성한 초록잎과 주황빛 꽃송이 속에서 끝내는 입 벌린 허무를 보아 버린 것이다. 뜨거웠던 만큼 그 안

곽재구

어린 시절 내가 다닌 이발소에 구르몽의 시가 걸려 있었다.

"시몬 너는 아느냐/낙엽 밟는 소리를" 이렇게 시작하는 시가 참 좋았다. 낡은 바리깡이 머리를 뜯어 나갈 때 이 시를 계속 읽었다.

"시몬 네 손은 눈처럼 차다/시몬 네 마음은 눈처럼 차다"를 읽을 때면 마음 안에 송이눈이 내렸다.

이발소에는 "삶이 그대를 속일지라도 노여워하거나 슬퍼하지 말라"는 푸시킨의 시도 있었다.

이 시들이 좋았다. 시를 모르는, 시를 처음 접하는 이와의 교감. 그 순간의 따뜻함과 신비함. 내 시의 어느 한 편이 내 꿈을 이루어 줄 수 있을까. 난해하고 또 난해한 꿈이다.

곽 재 구

김진경

너무 눈부시어 나를 잠 못 들게 했던, 한용운 시인의 표현으로 하자면 "내 운명의 시침을 돌려놓았던" 광주항쟁이 벌써 40주년을 맞이했다. '광주'나 '5월'이란 단어조차 꺼내기조차 힘들었던 그 시절 시로나마 광주항쟁과 그 정신을 이야기하자고 다락방에 모여 눈시울을 붉혔던 '5월시' 동인들, 벌써 백발이 성성한 초로의 얼굴이 참 낯설고 새삼스럽다. 40주년을 기념하여 '5월시' 동인시집 전집을 내겠다니 고맙기는 하지만 자기 발자국을 지우며 역사 속으로 사라진 분들이 얼마나 많은데 이렇게까지 해야 하나 하는 과분한 느낌이고, 다른 한편으론 왠지 역사 박물관에 안치되는 느낌이어서 '아니 벌써?' 하는 생각도 들었다. 그러던 차에 동인들의 신작시도 모아 책으로 내자고 하니 좀 안심이 되었다. 시인은 작품을 쓸 때마다 첫 작품을 쓰는 신인이다. 그간 무엇을 이루었든 무無로 돌아가고 오직 처음으로 마주하는 백지의 허무 앞에 홀로 서서 구두끈을 졸라맬 뿐이다. 모쪼록 앞으로의 우리의 걸음들에도 빛나는 기억의 잠 못 이루게 하는 향기가 살아 있기를!

김 진 경

나종영

문학과 예술은 그 시대를 반영하는 것이고, 시인은 현장의 시대정신을 노래해야 한다. 시는 곧 뜻을 말하는 것이라는 다산의 말씀은 시공을 초월해서 유효하다.

어둑새벽 미명의 길에서 가슴 아파하며 올곧은 문학의 길을 찾아 몸부림쳤던 시절이 벌써 40여 년이 지났다. 순간인 것 같았으나 20대 후반의 젊은 청년은 육십을 훌쩍 넘은 초로의 사내가 되었다.

이번에 기왕에 낸 '5월시' 동인시집 전집과 신작시집 그리고 두 권의 판화시집을 복간한다고 하는데 어찌 젊은 날 '5월시' 동인시집 제1집을 냈을 때의 떨림과 감격이 없겠는가? 세상과 출판사에 크게 고마워해야 할 일이다.

> "…… 특히 고향 광주를 중심으로 결성된 '5월시' 동인의 활동은 내 문학의 이정표였고, 5월의 '트라우마'로부터 나를 승화시키는 원동력이었다. 내 자신 많이 모자라지만 '5월시' 동인의 활동은 등단 후 지금껏 내가 문학을 하고 시를 쓰게끔 눈을 틔어주고 지탱해 준 버팀목이 되었다고 생각한다. 1981년 초여름이었던가. 무등산 자락 배고픈 다리 언저리 어느 후배의 집에서 무슨 도원결의하듯 문을 잠그고 녹음기를 틀어 놓고 '5월시' 동인을 결성할 때의 떨리던 순간, 그리고 눈이 펑펑 쏟아지던 그해 겨울 전량 압수당한 '5월시' 동인시집 제1집 『이 땅에 태어나서』를 재인쇄하여 무슨 작전 하듯 몰래 인쇄소에서 빼내 와 독립운동하는 사람들처럼 동인 모두가 부둥켜안고 울었던 뜨거운 동지애를 잊을 수가 없다."
>
> -「80년대 그리고 지금 여기」, 『도요문학무크 2』, 2012

시간이 지나 세상이 변한 것 같지만 아직도 5월 광주는 끝나지 않았다. 분단체제는 더욱 더 공고해졌고, 세상의 불평등과 부조리 그리고 빈부의 양극화는 더 심해졌다. 젊은 사람들은 희망을 잃었고 공원 무상급식소에서 끼니를 때우는 노인들은 더 늘어만 갔다. 세대간, 계층간 갈등과 소통 부재는 사람들의 입을 닫게 만들었다. '아직도 끝나지 않는 5월'에 우리가 변하지 않고 끝끝내 시를 써야 할 이유이다.

나종영

5월시 동인시집 후기

5월시 동인으로 살다

강형철

초등학교 졸업하며 세웠던 인생의 꿈을 나는 고등학교 졸업하며 이루었다. 은행원이었다. 그러나 막상 은행원이 되고 나서 또 새로운 꿈이 생겼으니 그것은 시인이었다. 은행에 다니면서 야간에 국제대학에 다니다가 시를 써 상을 받은 후 생긴 그 꿈 덕분에 많은 것이 변했다. 3년 만에 은행을 사직하고 최명관 교수님이 계신 숭실대학교 철학과에 편입했다.

이후 군에서 제대하고 복학한 1980년 봄 그동안 쓴 시를 본 조태일 선생님이 『창비』에 작품을 투고하라 해서 작품을 전하고 감격했던 날을 기억한다. 그러나 서울역 시위가 벌어지고 얼마 후 『창비』는 폐간이 되었다는 소식을 들었다. 처음으로 역사와 민족에 대한 개념이 생겼다. 대학을 졸업한 뒤 윤리 교사가 될 수 있었던 기회를 스스로 사양하고 당시 상호신용금고(지금의 저축은행)에 들어갔다. 어머니와의 약속을 지키기 위해서였다. 은행을 그만두면서 대학만 졸업하면 취직하겠다고 다짐했었다.

거기서 3년의 세월을 술 마시며 보내는 동안 양성우 시인의 소개로 이영진 시인을 만났다. 어느 날 그는 그동안 쓴 시를 보자고 했고 내 시를 본 뒤 그는 다짜고짜 "너는 참 나쁜 놈이다. 세상이 이렇게 비극적인데 너만 예쁜 시를 쓰고 있어야!" 하면서 힐난했다. 청량리 역전 근방의 호프집이었다.

그후 '5월시' 동인들을 만나게 되었다. 모두 훌륭한 선생들이었다. 회사를 3년 만에 그만두고 다시 대학의 조교로 사는 동안 시를 발표했다. 문인에게 부족한 행정 능력을 조금 가졌다는 이유로 문단에서는 사무적인 일을 많이 했다.

1974년 최명관 교수님께 시를 쓰겠다고 말했을 때 권해 주신 몇 권의 책 중에 『시와 철학』(소광희 역)이 있다. 하이데거의 책이다. 그 뒤 수차례 읽었어도 뭐가 뭔지 잘 몰랐다. 지금도 큰 차이 없다. 다만 한 가지, 그 책의 내용 중 횔덜린의 시 한 구절은 지금도 내 마음에 있다.

"신神을 알고 미로를 헤매는 것은 하나의 구원이어서"란 구절인데 그 '신神'을 나는 '시詩'로 알고 열심히 살았다. 그 '시詩'자를 나는 때로 '5월시'로도 바꾸어 읽는다. 그러면서 나는 구원받았다 생각할 때가 있다. 고맙고 두렵다.

강 형 철

고광헌

1985년에 '5월시' 동인으로 합류했으니 광주민중항쟁 40주년인 올해가 동무들과 함께 살아온 지 35년이 되는 해다. 김진경에서 나해철까지, 긴 세월 잡은 손 놓지 않고 이곳까지 왔다. 나는 광주의 좌절과 부끄러움이 당대 20대 청년시인들의 뜨거운 가슴 안에서 문학적 변용을 일으킬 즈음 말석에 자리를 찾았다. 동인들 사이의 한결같은 이해와 배려가 여기까지 우정의 담을 쌓았다. 동무들에게 장하다는 덕담을 건넨다.

1980년대 초, 문학이 역사와 민중의 삶을 비껴가던 시기에 두려움 없이 진실과 대면하던 동인들의 시작詩作 활동은 당대 얼어붙은 문학판에 커다란 균열을 내는 도끼질이었다. 고립과 차별, 배제의 무덤에서 부르는 애절양이었다. '5월시' 동무들은 민중적 삶과 역사를 문학의 가장 앞자리에 놓고 사는 문학주의자들이다. 동무들과 같이한 세월이 내 생의 한 자부심일 수밖에 없는 이유이다.

'5월시' 동무들은 뒤늦게 문학에 발을 디딘 내가 해찰 않고 따라야 했던 선도부이자, 올곧은 문학인의 태도를 보여 준 존재들이기도 하다. 나종영에서 최두석까지, 나의 문학에서부터 공적인 삶에 이르기까지 든든한 길라잡이였다. 동무들은 필요할 때마다 내게 윤리적 지침을 내려 준 사표였고, 내 삶을 변화시켜 나가는 데에 충분한 에너지원이었다.

나는 시 쓰는 데 게을렀다. 40여 년 문단 생활인데 겨우 시집 두 권이다. 진보 언론사에서의 기자 생활이 능력 없는 내게 시에 몰입할 여유를 빼앗아 간 건 어느 정도 맞지만, 기실 시에 대한 재주와 열정이 부족한 데서 온 것이다. 내가 시를 쓴다는 사실을 아는 지인들 중에는 가끔 작품 발표나 새 시집 발간에 관심을 갖고 말길을 트는 이들이 있다. 나는 늘 쓰고, 수십 년째 쓰는 작품도 있다고 응대한다. 이건 한 번 총 정리해야 한다는 주술적 다짐이다.

농구선수가 최고의 기술로 아름다운 골을 만드는 것처럼, 나도 바람처럼 빠르고, 강물같이 침착하며, 바위같이 무겁고, 용수철처럼 가볍게 몸을 부려 절대의 순간들을 건져 올리고 싶다. 끝까지 도착하지 못한다 해도 말이다. 남은 세월 5월 동무들과 함께 슬슬 놀 일을 생각하니 곧장 몇몇 버럭! 동무들과, 그때마다 장난기가 치솟거나 큰 바위 얼굴로 지켜볼 게 분명한 얼굴들이 떠오른다.

고광헌

에 똬리 틀고 있던 허무는 독했다. 나의 입 벌린 허무론에 대해 친구 녀석은 메시지 말미에 "오죽헌 뒷담 능소화가 생각나네. 고혹적이어서 처량한 주황색"이라고 썼다. 나보다도 더 시인이 되어 버린 녀석의 말이 얼얼했다. 고혹적이어서 처량하다니!

윤재철

이영진

빛의 기억들

산란하는 빛의 아침, 어둠이 가신 산골은 태초의 첫날처럼 경이롭다. 아직 아무런 이름이 붙여진 적이 없는 산골의 아침, 빛은 찬란한 익명의 세계를 펼쳐 놓는다. 이슬에 발등을 적시며 서늘한 기운이 건너오는 산길을 걸어 숲으로 간다. 바랭이, 쇠비름, 명아주, 강아지풀, 박주가리, 환삼덩굴, 털진득찰, 도꼬마리, 개망초, 여뀌로 가득 찬 언덕받이에 이르렀다. 듬성듬성 고추가 자라는 비알진 곁에 잔디로 뒤덮인 봉분 하나가 곱다.

낭자한 매미소리가 햇살 속의 세계를 들어 올린다. 한여름 고추가 익어 가는 인적 없는 산골마을 뒷산, 이 풍경은 얼마나 친숙한 세계인가. 너무 흔하고 친숙해서 이미 자각적인 범주 밖으로 밀려나 버린 세계. 그러나 이 세계야말로 어떤 언어보다 먼저 우리의 생 앞에 다가와 있는 근원적인 공간이었다. 여기서 더 무엇을 기다릴 수 있단 말인가. 스스로 묻고 답하는 세계, 빛나지도 않는 평범한 질문들이 시간 너머의 향기를 뿜어낸다.

내면의 무의식처럼 현존 앞에 선험적으로 펼쳐져 있는 소여所與의 세계가 바로 이런 곳이다. 흰 개망초가 무리지어 피어 있고 환삼덩굴이 온 산의 빈곳을 채우는 고요한 산비알은 때 묻지 않은 형상으로 가득 차 있다.

반생명의 질서와 가치가 척도인 세계에서 이러한 풍경은 그저 은둔자들의 무의지적 공간으로 치부되기 쉽지만 이런 공간이야말로 우리가 잃어버린 '미래'이자 몸이 꿈꾸는 간절한 노스탤지어라고 말할 수 있다. 효율과 실용성, 소유와 소비로 대표되는 디지털 문명의 세기에 이름 없는 우리의 산야가 펼쳐 놓는 이 평범한 풀이름들과 대지의 건강성은 소통 불능의 근대적 자아에 대한 강력한 구원의 메시지일 수 있다. 얼핏 무갈등, 무방향의 자연주의로 받아들여질 위험성도 없지 않지만 우리가 희구하는 몸의 길은 비릿한 풀냄새를 동반하고 있는 이런 길이다.

이영진

최두석

살아 있는 씨앗처럼

광주항쟁이 일어난 1980년은 개인적으로 등단한 해이자 사회에 첫발을 내디딘 해이기도 하다. 출발선에서부터 삶과 시의 근본을 되묻게 되는 그 우연이 나를 운명적으로 '5월시' 동인으로 이끌었다.

'5월시' 동인으로 활동하던 1980년대는 시를 통해 광주항쟁을 보고 광주항쟁을 통해 시를 보던 시절이었다. 광주항쟁은 세상에 갓 발을 내디딘 신출내기 시인에게 삶과 시의 길을 비추는 어둠 속의 불빛이었다. 광주항쟁의 불빛으로 시의 길을 간다는 것, 그것은 고통이면서 동시에 광영이었고 속박이면서 동시에 자유였다. 그 길에서 미워할 것은 분명히 미워하였고 사랑할 것은 애타게 사랑하였다.

그렇게 길 떠난 지 꼬박 40년, 굼뜨고 더딘 걸음으로 헤매기도 많이 하였으나 꾸준히 내 나름의 길을 걸어왔다. 사람들의 삶의 이면을 들여다보고 살아온 이야기를 어루만지면서, 풀꽃과 나무와 새 등 온갖 생명의 생생한 아름다움에 취하기도 하면서, 자극적인 언어의 유행에 맞서 내실이 있는 질박한 언어를 단련하기도 하면서, 살아 있는 씨앗처럼 사람들의 마음속에서 싹트는 힘을 가진 시를 꿈꾸기도 하면서, 그렇게 시의 길을 가며 특별히 자랑할 일은 만들지 못했지만 이제 와 새삼스럽게 가지 않은 길에 대한 미련은 없다.

최두석